人间唐诗

许渊冲

许 渊 冲 译

中国致公出版社

目录

辑二

天涯明月

辑六

枕剑听雨

辑一

红泥
温酒

问刘十九
白居易

绿蚁新醅酒，红泥小火炉。
晚来天欲雪，能饮一杯无？

An invitation
Bai Juyi

My new brew gives green glow;
My red clay stove flames up.
At dusk it threatens snow.
Won't you come for a cup?

关键词

brew：酿造物，可指茶或酒。

green glow：glow，微光。green glow，绿色的微光，对译"绿蚁"。绿蚁，原诗中，意指酿酒未过滤，留下的绿渣。译诗只描摹其形态，取其泛着绿色微光的样子。

At dusk it threatens snow：at dusk，黄昏。threaten，袭击，突发。it threatens snow，直译为"天气将要有下雪的危险"。全句对译"晚来天欲雪"，既译准了原意，也增添了动感。

译文

新酿的米酒泛着淡绿的泡沫，烫酒的小火炉也烧旺了。

天色渐晚大雪将至，可否请君共饮一杯？

白居易

白居易，唐代现实主义诗人，字乐天，自号香山居士、醉吟先生，祖籍太原，生于河南新郑，有"诗王""诗魔"的美誉。他与元稹并称"元白"，共同倡导了新乐府运动，与刘禹锡并称"刘白"。曾官至翰林学士、左赞善大夫，后被贬为江州司马。穆宗年间，曾为苏州刺史、刑部侍郎、太子宾客等。会昌二年以刑部尚书致仕。著有七十一卷《白氏长庆集》。代表诗作《长恨歌》《卖炭翁》《琵琶行》。

江楼月

白居易

嘉陵江曲曲江池，明月虽同人别离。

一宵光景潜相忆，两地阴晴远不知。

谁料江边怀我夜，正当池畔望君时。

今朝共语方同悔，不解多情先寄诗。

The Moon over the Riverside Tower

Bai Juyi

You stand by River Jialing, I by winding streams.

Though far apart, still we share the same bright moonbeams.

All night long I think of you and for you I pine,

For I am not sure if you see the same moon shine.

Who knows when by waterside I'm longing for you,

By nocturnal riverside you're missing me too?

When I receive your poem,I regret today:

Why did I not send mine to you so far away?

关键词

winding streams：蜿蜒的溪流，对译"曲曲江池"。

Though far apart, still we share the same bright moonbeams：直译为"虽然分离两地，但我们共享着同样明亮的月光"。对译"明月虽同人别离"。中国古典诗词中，"海上生明月，天涯共此时""别后唯所思，天涯共明月"，很多这种"明月寄相思"的意象，相隔千里的游子思妇，因为共看一轮明月，仿佛重逢相见。这首诗是白居易与元稹分别后遥寄的赠诗。原诗强调"人别离"，而译诗强调"明月同"；所以，译诗风格整体显得更加明亮、轻快一些。

译文

一人在嘉陵江畔，一人在曲江池边，虽共赏一轮明月，人却两地相隔。整晚都在深深思念，两地甚远不知天气如何。谁承想你在江边思念我的夜晚，也正是我在池畔思念你的时候。今日见面相互诉说才一同懊悔，为何不早寓情于诗，互通书信，以解思念之情呢？

赋得古原草送别
白居易

离离原上草，一岁一枯荣。

野火烧不尽，春风吹又生。

远芳侵古道，晴翠接荒城。

又送王孙去，萋萋满别情。

Grass on the Ancient Plain in Farewell to a Friend
Bai Juyi

Wild grasses spread over ancient plain;

With spring and fall they come and go.

Fire tries to burn them up in vain;

They rise again when spring winds blow.

Their fragrance overruns the way;

Their green invades the ruined town.

To see my friend going away,

My sorrow grows like grass overgrown.

关键词

Grass on the Ancient Plain：ancient，古代的。plain，平原。对译"古原草"。

With spring and fall they come and go：spring and fall，春天和秋天。古代中国以农耕为主，春种秋收，春秋是一年中最重要的交替。古人常常用"春秋"指代一年。而译诗用"With spring and fall they come and go"，对译"一岁一枯荣"，比原诗更具体生动，又带有中国传统文化的意味，体现译诗"三美"的意境美，可谓神来之笔。

My sorrow grows like grass overgrown：直译为"我的忧伤如同蔓草丛生"。对译"萋萋满别情"。用连绵不绝的萋萋春草比喻充塞胸臆、弥漫原野的惜别之情，情景交融，韵味无穷。

plain，vain，way 和 away；go，blow，town 和 overgrown：在音韵上，精巧婉转，ABAB 式，隔句押韵；在构词形式上，单词长短、元音音节字母等都兼顾了相同和相似。体现译诗"三美"的音韵与形式的和谐之美。

译文

古原上的野草长得很茂盛，一年中深秋枯黄，春季繁茂。任凭那野火焚烧不尽不灭，春风一吹又蓬蓬勃勃而生。天涯芳草渐渐淹没了古道，晴日翠绿铺展连接着荒城。送别羁旅的朋友怅然归去，繁盛的古原草也满怀别情。

送东莱王学士无竞

陈子昂

宝剑千金买，平生未许人。
怀君万里别，持赠结交亲。
孤松宜晚岁，众木爱芳春。
已矣将何道，无令白发新。

Parting Gift

Chen Zi'ang

This sword that cost me dear, to none would I confide.
Now you are to leave here, let it go by your side.
Trees delight in spring day; the pine loves wintry air,
What more need I to say, don't add to your grey hair!

关键词

to none would I confide: confide，吐露，委托，信赖。none，没有任何人。直译为"没有托付给任何人"。对译"平生未许人"。

Trees delight in spring day; the pine loves wintry air: delight，高兴，乐于。wintry，冬天的，寒冷的。直译为"树木都喜欢春天的气候，松树却热爱冬天的空气"。对译"孤松宜晚岁，众木爱芳春"。表面上看，英译诗将原诗句颠倒了顺序。而就理解来说，原唐诗为了对仗平仄的工整，调整了表达语序。英文诗的思维逻辑更通达、自然。

dear 和 here，confide 和 side，day 和 say，air 和 hair：是 ABAB 型的隔句押韵，清新流畅；兼顾了单词长短、元音音节字母等构词形式的工整。音形兼美。

译文

宝剑花费千金买来，多年从未托付他人。

心想你即将启程去万里之外，便将其赠予你聊表惜别。

孤松适宜年末寒冷时节，一般草木喜欢春季争艳。

世道既已如此又有何可说，你切莫消沉愁添白发。

陈子昂

陈子昂，字伯玉，唐代文学家，初唐诗文革新人物之一。梓州射洪（今属四川）人，担任麟台正字、右拾遗等，人称"陈正字""陈拾遗"。

别董大
高适

千里黄云白日曛，北风吹雁雪纷纷。
莫愁前路无知己，天下谁人不识君？

Farewell to a Lutist
Gao Shi

Yellow clouds spread for miles and miles have veiled the day;
The north wind blows down snow and wild geese fly away.
Fear not you've no admirers as you go along.
There is no connoisseur on earth but lovers your song.

关键词

lutist: 弹琵琶者，即董大，董庭兰，唐代著名音乐家。

veil: 遮盖，遮掩；对译"曛"，即日落时的余光。

geese: 鹅，这里指"雁"。

There is no connoisseur on earth but lovers your song: connoisseur，鉴赏家。直译为"这世上没有一个鉴赏者不会爱上你的音乐"，对译"天下谁人不识君"。显然，英译诗将原唐诗的意味"浅化"了。比较而言，韵味有所散失，然而有利于在陌生的语言文化背景下去理解，也是一种翻译学的方法论。

译文

日暮昏暗，天空弥漫着黄云，呼啸的北风刚刚送走雁群，又带来了纷纷扬扬的大雪。切莫为了前路没有知己而发愁，普天之下有谁不认识你呢？

高　适

　　高适，字达夫，唐代著名边塞诗人，渤海蓨（今河北景县）人。
他与岑参齐名，二人并称"高岑"，其诗风格雄壮豪迈，代表作品《高
常侍集》。

峨眉山月歌
李白

峨眉山月半轮秋，影入平羌江水流。
夜发清溪向三峡，思君不见下渝州。

The Moon over Mount Brow
Li Bai

The crescent moon looks like old Autumn's golden brow;
Its deep reflection flows with limpid water blue.
I'll leave the town on Clear Stream for the Three Gorges now.
O Moon, how I miss you when you are out of view!

关键词

crescent moon：新月。

old Autumn's golden brow：brow，眉毛。直译为"深秋的金色眉毛"，对译"半轮秋"。将一弯新月比喻成金秋的眉毛，译诗创译了新的意象，着力秋意的渲染。

Reflection：影子。

limpid：清澈的。

O Moon：依据《唐诗摘钞》《唐诗笺注》等多家诗选诗注，"君"指"月"。因此，此处直接"浅化"为"moon"，便于理解。

out of view：view，视野。out of view，视野之外，即"不见"。

译文

峨眉山前半轮秋月高悬，月影映入流淌的平羌江。

夜间从清溪出发去三峡。想你却难相见，只好继续向着渝州前行。

李 白

李白，字太白，号青莲居士，唐代浪漫主义诗人，人称"诗仙"，祖籍陇西成纪（今甘肃天水）。被人们誉为盛唐诗歌艺术的巅峰，与杜甫并称"李杜"。其诗雄浑豪放、潇洒清新、语言优美、音律和谐、浑然天成。有《李太白集》三十卷。

月下独酌

李白

花间一壶酒，独酌无相亲。

举杯邀明月，对影成三人。

月既不解饮，影徒随我身。

暂伴月将影，行乐须及春。

我歌月徘徊，我舞影零乱。

醒时同交欢，醉后各分散。

永结无情游，相期邈云汉。

Drinking Alone under the Moon

Li Bai

Among the flowers, from a pot of wine

I drink without a companion of mine.

I raise my cup to invite the Moon who blends

Her light with my Shadow and we're three friends.

The Moon does not know how to drink her share;

In vain my Shadow follows me here and there.

Together with them for the time I stay,

And make merry before spring's spent away.

I sing and the Moon lingers to hear my song;

My Shadow's a mess while I dance along.

Sober, we three remain cheerful and gay;

Drunken, we part and each may go his way.

Our friendship will outshine all earthly love;

Next time we'll meet beyond the stars above.

关键词

Sober 和 Drunken：Sober，未醉的，清醒的。Drunken，醉酒的，酗酒的。一对反义词，对译"醒时"和"醉后"。

outshine all earthly love：outshine，出类拔萃的。earthly，世俗的。直译为"超越世俗的爱"。对译"永结无情游"中的"无情"，有人说是"月"和"影"无情，有人理解为"忘情"。显然，译诗采用的是后一种意味，即"超越世俗的爱"。

译文

花丛之间有一壶美酒，独自酌饮身边没有亲朋好友。

我举起酒杯邀请月亮共饮，月亮、我和影子凑成三人。

月亮不知道怎么喝她的那份，我的影子徒劳地到处跟着我。

我暂时伴着月亮和我的影子，在春天逝去之前尽情欢乐。

我唱歌月亮恋恋不舍地听着，我跳舞影子随我凌乱摆动着。

清醒时我们三个人兴高采烈，喝醉后我们分散各走各的路。

我们的友谊比世上的情都耀眼，下次我们将相约在星空之外。

黄鹤楼送孟浩然之广陵
李白

故人西辞黄鹤楼，烟花三月下扬州。
孤帆远影碧空尽，唯见长江天际流。

Seeing Meng Haoran Off at Yellow Crane Tower
Li Bai

My friend has left the west where the Yellow Crane towers
For River Town green with willows and red with flowers.
His lessening sail is lost in the boundless blue sky,
Where I see but the endless River rolling by.

关键词

River Town：意为"江城"，对译"扬州"。在诗人眼中，扬州既是一个具体的地点，也代表花红柳绿的另一种"江城"生活。

green with willows and red with flowers：willows，柳树。形容柳絮如烟、鲜花似锦的春天景物，即"烟花"。

lessening sail：lessening，变小的。sail，船。指"孤帆远影"的情景。

boundless：无限的。

endless River rolling by：endless，无尽的。roll by，匆匆逝去，流逝。意为"无尽的江河匆匆流逝"，对译"长江天际流"。长江水无边无际、无休无止地流逝，就像诗人追随孟浩然的绵绵思念啊。

译文

故友要辞别黄鹤楼向东远行，在柳絮如烟繁花似锦的三月到扬州去。看着孤舟的帆影渐渐消失在碧色天空的尽头，只看得见长江向天边奔流而去。

宣州谢朓楼饯别校书叔云
李白

弃我去者，昨日之日不可留；
乱我心者，今日之日多烦忧。
长风万里送秋雁，对此可以酣高楼。
蓬莱文章建安骨，中间小谢又清发。
俱怀逸兴壮思飞，欲上青天揽明月。
抽刀断水水更流，举杯消愁愁更愁。
人生在世不称意，明朝散发弄扁舟。

Farewell to Uncle Yun, Imperial Librarian, at Xie Tiao's Pavilion in Xuanzhou

Li Bai

What left me yesterday

Can be retained no more;

What troubles me today

Is the times for which I feel sore.

In autumn wind for miles and miles the wild geese fly.

Let's drink, in face of this, in the pavilion high!

Your writing's forcible like ancient poets while

Mine is in Junior Xie's clear and spirited style.

Both of us have an ideal high;

We would reach the moon in the sky.

Cut running water with a sword, it will faster flow;

Drink wine to drown your sorrow, it will heavier grow.

If we despair of all human affairs,

Let us roam in a boat with loosened hairs!

关键词

for which I feel sore：sore, 疼痛的。对译"多烦忧"。

wild geese：英译古诗词中，常常出现 wild geese, 对译中国文化的传统意象"雁"。由于雁是迁徙之鸟，故常作为自然、人事的见证。如寓意秋冬、寄托思乡、传递情感等。古诗词中，常用衡阳雁、北雁、南雁、秋燕等。而英译诗中，一般都译作 wild geese。

pavilion：亭子。

Your writing's forcible like ancient poets while, Mine is in Junior Xie's clear and spirited style：直译为"你的文章风格就像古体诗歌一样强劲，而我的就像'小谢'一样有清新之风神"。原诗中，"蓬莱文章建安骨，中间小谢又清发"，本来就是用"蓬莱"借指李云（即叔云），而以"小谢"谢朓自喻。此处译诗将原诗意蕴浅化了，直指诗歌本意。

ideal：理想的。

human affairs：人事，人文。对译"人生在世"。

roam：漫游。

loosened hairs：loosened，散开的。loosened hairs，散开的头发，对译"散发"。

译文

离我远去的昨日，已经不可能再挽留了。今天扰乱我的心，充满了无限烦恼忧愁。

秋风送大雁远飞万里，面对此景可登高畅饮。

你的文章似汉代文学刚健有力，我的诗则如汉唐间南齐谢朓清新秀丽。

我们都有豪放的意兴和情思，想要直上云天摘取皎洁的月亮。

用剑隔断流水只会让它流得更快，靠饮酒消解愁绪只会更添忧愁。

人生在世却过得如此不得志，不如明日披头散发乘扁舟浪迹江湖。

九月九日忆山东兄弟
王维

独在异乡为异客，每逢佳节倍思亲。
遥知兄弟登高处，遍插茱萸少一人。

Thinking of My Brothers on Mountain-climbing Day
Wang Wei

Alone, a lonely stranger in a foreign land.
I doubly pine for my kinsfolk on holiday.
I know my brothers would, with dogwood spray in hand,
Climb up the mountain and miss me so far away.

关键词

I doubly pine for my kinsfolk on holiday: pine,（因死亡、离别）难过，悲伤。kinsfolk，亲人。即"每逢佳节倍思亲"。对等翻译，明了准确。

dogwood: 茱萸。

spray: 遍酒。对译"遍插"。

land 和 hand，holiday 和 away：ABAB 式尾韵押韵。译诗主要是"等化"翻译，对仗音韵工整，精准完美。

译文

我独自在异地作为他乡之客，每到佳节时就格外思念亲人。

远在家乡的兄弟们登上高处，大家佩戴茱萸就少了我一人。

衡泥抽柄曲贴水铸钱肥
西风唤尔入长谨美人衣
出水芙蓉
拟北宋没骨画法　寿平

王 维

王维，盛唐诗人，字摩诘，河东蒲州（今山西运城）人，祖籍太原祁县（今属山西晋中），曾官拜右拾遗、左补阙、中书舍人、给事中、尚书右丞等，人称"王右丞"。王维诗兼众体，写得一手好五言律绝，有"诗佛"美誉，与孟浩然并列山水田园诗的代表，合称"王孟"，现存世诗文四百余首。

送 别

王维

下马饮君酒，问君何所之。

君言不得意，归卧南山陲。

但去莫复问，白云无尽时。

At Parting

Wang Wei

Dismounted, I drink with you

And ask what you've in view.

"I can't do what I will;

So I'll go to south hill.

Be gone, ask no more, friend,

Let clouds drift without end!"

关键词

At Parting：送别，分手。

dismount：下马，下车。

And ask what you've in view：in view，将……作为目标。直译为"问你的目标在哪里"，对译"问君何所之"。

Let clouds drift without end：drift，飘移。直译为"就让白云漫无目的地飘移吧"，对译"白云无尽时"。诗人将内心世界的复杂感受浓缩在"白云无尽时"这自然画面之中，言有尽而意无穷。

译文

请下马喝一杯酒吧，我问你要去向何处。

你说是因为不得志，回到终南山边隐居。

只管去吧我不再问，白云没有消散之时。

送元二使安西
王维

渭城朝雨浥轻尘，客舍青青柳色新。
劝君更尽一杯酒，西出阳关无故人。

Seeing Yuan the Second Off to the Northwest Frontier
Wang Wei

No dust is raised on the road wet with morning rain;

The willows by the hotel look so fresh and green.

I invite you to drink a cup of wine again;

West of the Sunny Pass no more friends will be seen.

关键词

No dust is raised on the road wet with morning rain: morning rain，早晨的雨，对译"朝雨"。wet，润湿，对译"浥"。全句对译"渭城朝雨浥轻尘"。将"朝雨润湿尘土"的意味译成"No dust is raised"，即"没有尘土扬起"，属于"深化"译法，描摹了朝雨润湿尘土后的效果。

willow：柳树。

wine：酒。

Sunny Pass：阳关。中国古文化中，"山南水北为阳"，阳关在玉门关以南，故谓之"阳关"。又因在隋唐以前，这里一直是沙漠中难得的绿洲盆地，Sunny Pass 也寓意此地的勃勃生机。

译文

渭城早晨的雨水打湿了尘土，客舍边青绿的杨柳愈发清新。

我劝你再饮一杯离别的酒，向西走出阳关便再难遇故友了。

送杜少府之任蜀州
王勃

城阙辅三秦，风烟望五津。

与君离别意，同是宦游人。

海内存知己，天涯若比邻。

无为在歧路，儿女共沾巾。

Farewell to Prefect Du
Wang Bo

You'll leave the town walled far and wide

For mist-veiled land by riverside.

I feel on parting sad and drear

For both of us are strangers here.

If you have friends who know your heart,

Distance cannot keep you apart.

At crossroads where we bid adieu,

Do not shed tears as women do!

关键词

town walled far and wide：意为"有城墙的城市和江边"，对译"三秦"和"五津"。"三秦"，春秋战国时因陕西是秦国治地，故后人将陕西简称"秦"，"三秦"通常指陕北、关中、陕南。"五津"指四川岷江古白华津、万里津、江首津、涉头津、江南津五个著名渡口。在诗中，"三秦"和"五津"都是表层形式，深层内容却是"京城"和"江城"。这不仅是简单"浅化"，而是将文化意味直接传达给读者。

译文

三秦拱卫着雄伟京城，遥望烟雾笼罩的五津。你我都是为仕途而远游四方，离开故乡之人。

四海之内有你这知己，就算在天涯也好似近邻。莫要在分手的岔路口，作女儿之态泪洒衣巾。

王 勃

王勃，字子安，绛州龙门（今山西河津）人，自幼聪慧好学。与杨炯、卢照邻、骆宾王并称"初唐四杰"，其中王勃名声更胜，诗作有"高华"之美誉，散文《滕王阁序》千古传诵。

江南逢李龟年
杜甫

岐王宅里寻常见，崔九堂前几度闻。

正是江南好风景，落花时节又逢君。

Coming Across a Disfavored Court Musician on the Southern Shore of the Yangtze River
Du Fu

How oft in princely mansions did we meet!

As oft in lordly halls I heard you sing.

Now the Southern scenery is most sweet,

But I meet you again in parting spring.

关键词

Coming Across a Disfavored Court Musician on the Southern Shore of the Yangtze River：come across，遇见，不期而遇。disfavored，不受欢迎的。court，宫廷。musician，音乐家。on the southern shore，南岸。the Yangtze River，扬子江，这里指长江。英文诗题直译为"在江南遇见了已经过时了的宫廷音乐家"。可以说，英文诗题比原诗题更直白，情感更明确。

in princely mansions：王子的宅邸。对译"岐王宅里"。

in lordly halls：堂皇的大厅。对译"崔九堂前"。译诗采取意译，"岐王宅里"和"崔九堂前"，虽有所实指：岐王李范和中书令之弟崔涤的府宅。开元盛世时期，那里曾是文艺名流的雅集之处。但更是一种象征：是大唐繁荣鼎盛的时代缩影，是杜甫和李龟年少年得志的生活场景。所以，译诗没有直译两人名号，而直接以"王公贵族的府宅"抽象概括，有助于理解诗句主旨。

in parting spring：在离别的春天。对译"落花时节"。落花时节就是暮春，译为"离别的春天"有两层意味：一是暮春，春天正在离我们而去；一是春天里，我们都是幡然白首的流离之人。此处似是意味缺失的"浅化"，又别有一番虚实相生的浑然意蕴。

译文

年少时在岐王府里时常见到你，也在崔九堂前多次听你的歌声入神。

今日正是江南风景美好的季节，在这落英缤纷时节又遇见故人。

杜 甫

杜甫，字子美。因曾居长安少陵，人称"杜少陵"；因曾任检校工部员外郎，人称"杜工部"。籍贯襄阳（今湖北襄阳），祖上为京兆杜陵（今陕西西安）人。他是唐代最伟大的现实主义诗人，后世称其为"诗圣"，其诗显示了唐朝由兴转衰之路，被称为"诗史"。今有《杜工部集》《补遗》行世。

芙蓉楼送辛渐
王昌龄

寒雨连江夜入吴，平明送客楚山孤。
洛阳亲友如相问，一片冰心在玉壶。

Farewell to Xin Jian at Lotus Tower
Wang Changling

A cold rain dissolved in East Stream invades the night;
At dawn you'll leave the lonely Southern hills in haze.
If my friends in the North should ask if I'm all right,
Tell them I'm free from blame as ice in crystal vase.

关键词

farewell to：向……告别。

at Lotus Tower：lotus，莲花，芙蓉。tower，塔，楼。

dissolved：消解的，融入。

East Stream：东边的河流。"连江夜入吴"中，吴地即东吴。因此，译诗简译为"East Stream"。类似的还有"楚山"，因楚地居南，简译为"Southern hills"。

haze：薄雾。

Tell them I'm free from blame as ice in crystal vase：be free from，摆脱。blame，指责。crystal，水晶。vase，水壶。直译为"告诉他们，我没有过错，如同冰块存于水晶壶中"。原诗的写作背景是诗人因不拘小节，遭到议论，多次被贬。诗人借"冰心"回击污蔑，告慰友人。

译文

迷蒙的烟雨连夜洒遍吴地江天，黎明时分你将在雾霭中孤独地离开。如果在洛阳的亲朋好友问起你，你就转告他们说我的心仍然像一块纯洁清明的冰盛在玉壶中。

王昌龄

王昌龄，唐代著名边塞诗人，字少伯，开元十五年中进士，授校书郎，开元末授江宁县丞。其诗既有南方的秀丽，也有北方的雄浑。他尤善七绝，人称"七绝圣手"，七绝诗可与李白相媲美。

忆扬州
徐凝

萧娘脸薄难胜泪，桃叶眉尖易觉愁。
天下三分明月夜，二分无赖是扬州。

To One in Yangzhou
Xu Ning

Your bashful face could hardly bear the weight of tears;
Your long, long brows would easily feel sorrow nears.
Of all the moonlit nights on earth when people part,
Two-thirds shed sad light on Yangzhou with broken heart.

关键词

bashful：羞怯的。对译"脸薄"。

Of all the moonlit nights on earth when people part, Two-thirds shed sad light on Yangzhou with broken heart：moonlit，月光照耀的。shed sad light，黯然神伤的。直译为"天下所有离别的明月夜里，有三分之二的黯然神伤来自扬州的心碎之人"。译诗创意保留了原诗中的"三分之二"的说法，是诗意的，也是新奇的，表达了诗人对扬州月色欣赏又惆怅的矛盾心理。"二分明月"后来也成为扬州的代称。

译文

女子娇美的脸藏不住眼泪，桃叶眉上的忧愁易被察觉。

天下共有三分月明相思夜，奈何竟有两分都在扬州啊。

徐 凝

　　徐凝，唐代诗人，具体生卒年不详，只知与元稹、白居易同时而略晚。元和年间有诗名，诗作百余首，《全唐诗》存一卷，代表作《忆扬州》。

酬乐天扬州初逢席上见赠
刘禹锡

巴山楚水凄凉地，二十三年弃置身。
怀旧空吟闻笛赋，到乡翻似烂柯人。
沉舟侧畔千帆过，病树前头万木春。
今日听君歌一曲，暂凭杯酒长精神。

Reply to Bai Juyi Whom I Met for the First Time at a Banquet in Yangzhou
Liu Yuxi

O Western Mountains and Southern Streams desolate,
Where I, an exile, lived for twenty years and three!
To mourn for my departed friends I come too late;
In native land I look but like human debris.

A thousand sails pass by the side of sunken ship;

Ten thousand flowers bloom ahead of injured tree.

Today I hear you chant the praises of friendship

I wish this cup of wine might well inspirit me.

关键词

banquet：宴席。

O Western Mountains and Southern Streams desolate：desolate，荒无人烟的。原诗中，"巴山"是古时四川东部的巴国，即西蜀；"楚水"是湖南北部和湖北等地的楚国，即南楚。所以，译诗"浅化"了"巴山楚水"的翻译，译为 Western Mountains，Southern Streams。

exile：流亡者，即"弃置身"。

To mourn for my departed friends I come too late;In native land I look but like human debris：mourn，哀悼。departed，去世的。In native land，在故土。debris，碎片，垃圾。直译为"哀悼逝去的朋友，我回去得太晚；在故土里，我只是残破如朽木的人"。原诗中，刘禹锡因积极参加顺宗朝王叔文领导的政治革新运动而遭受迫害。顺宗让位给宪宗，王叔文被杀，刘禹锡等被贬。"怀旧空吟闻笛赋，到乡翻似烂柯人"，一方面是对被害的战友王叔文的悼念，一方面是感慨岁月流逝。

在原诗里，刘禹锡运用了两个典故。一是"闻笛赋"，指曹魏后期向秀的《思旧赋》。向秀的好友嵇康、吕安被司马氏杀害，向秀经过两人旧居时，听到邻人吹笛子，慷慨激昂，于是写了《思旧赋》来表示对朋友的怀念。一是"烂柯人"，据《述异记》所载，晋人王质入山砍柴，见二童子对弈，他观棋至终局，发现手中的"柯"（斧头的木柄）已经朽烂了。王质下山，回到村里，才知道已经过了一百多年，同时代的人都已死尽。译诗无法呈现原诗典故的全貌，但在诗词意味上保持了精准完整。

sunken ship：sunken，沉没的。对译"沉舟"。

injured tree：injured，生病的。对译"病树"。

译文

巴山楚水这样凄凉的地方，我已经在这里谪居了二十三年。

我只能吹笛赋诗空自惆怅，回乡物是人非我仿佛烂柯之人。

千万帆船从沉船旁边经过，枯树前面有万千林木欣欣向荣。

今天听你高声吟诵一首诗歌，暂时凭借着一杯酒振作精神。

刘禹锡

刘禹锡，字梦得，唐代文学家、哲学家，洛阳（今属河南）人，曾任太子校书、监察御史等。白居易评价其诗"其锋森然，少敢当者"，称其为"诗豪"。代表作《插田歌》。有《刘梦得文集》四十卷。

送友人

薛涛

水国蒹葭夜有霜，月寒山色共苍苍。

谁言千里自今夕，离梦杳如关塞长。

Farewell to a Friend

Xue Tao

Waterside reeds are covered with hoarfrost at night;

The green mountains are drowned in the cold blue moonlight.

Who says a thousand miles will separate us today?

My dream will follow you though you are far away.

关键词

farewell：告别，辞别；再见；再会。常含有永别或不易再见面的意思。

reed：芦苇，这里指"蒹葭"。

hoarfrost：白霜，霜花。

drown in：淹没，这里意为"青山为月夜淹没，沉浸于月色之中"。

Who says a thousand miles will separate us today?My dream will follow you though you are far away：separate，分开。直译为"谁说今日能以千里分离我们？即使你相距遥远，我的梦一直追随着你"。对译"谁言千里自今夕，离梦杳如关塞长"。译诗与原诗旨趣相当，而"杳如关塞长"，遥远如同迢迢关塞，换成"我的梦一直追随你到遥远"，为求精简，也别有兴味。

译文

夜晚水边的芦苇上覆盖着白霜，寒冷的月色与深绿的山色融合。

谁说与友人千里之隔从今晚始，别后的梦了无痕如边塞般遥远。

薛 涛

薛涛，字洪度，唐代女诗人，长安（今陕西西安）人。她通音律，多才艺，善诗赋，因家庭变故不得已入乐籍。其诗多清丽词句，也不乏一些关怀现实的作品。她与白居易、元稹、刘禹锡等诗人均有过来往，与卓文君、花蕊夫人、黄娥并称"蜀中四大才女"，与鱼玄机、李冶、刘采春并称"唐代四大女诗人"。其自造"薛涛笺"后人纷纷仿制，用于写诗写信，又叫"浣花笺"，流传甚广。《全唐诗》收录其诗一卷。

野 望

王绩

东皋薄暮望，徙倚欲何依。

树树皆秋色，山山唯落晖。

牧人驱犊返，猎马带禽归。

相顾无相识，长歌怀采薇。

A Field View

Wang Ji

At dusk with eastern shore in view, I stroll but know not where to go.

Tree on tree tinted with autumn hue, hill on hill steeped in sunset glow.

The shepherd drives his herd homebound; the hunter loads his horse with game.

There is no connoisseur around; I can but sing of hermits' name.

关键词

Tree on tree tinted with autumn hue, hill on hill steeped in sunset glow: tint, 轻染颜色；steep, 浸泡, 使……充满。直译为"一棵棵树轻染秋天的色泽, 一座座山沉浸落日的光晕"。对译"树树皆秋色, 山山唯落晖"。由于两个动词的精短与反差, 其他名词的工整精妙, 译诗达到了"信达雅"的完美效果。

connoisseur: 行家, 鉴定家。在译诗中, 有"知音""知己"之义。对译"相顾无相识", 即身旁没有懂得自己的人。

I can but sing of hermits' name：直译为"我只能歌唱隐士的名字", 对译"长歌怀采薇"。《史记》记载, 武王立周, 伯夷、叔齐坚持不食周粟, 上山采薇。故"采薇"有隐居山村, 追怀高士之义。此处若以"采薇"直译, 原诗中的文化意味则无法传导。采取"浅化"译法, 化隐为显, 明指诗人怀想的正是孤独高洁的隐士情操。

译文

傍晚时分我站在东皋远眺, 漫步徘徊不知该到哪里去。
每棵树都染上了秋天的色彩, 每座山也沐浴着落日的余晖。
牧人驱赶着牛群返回家中, 猎人也带着猎物踏上归途。
大家面对面彼此互不相识, 我长啸高歌真想隐居于此。

王　绩

　　王绩，字无功，绛州龙门（今山西河津）人。常居东皋，号东皋子。因好酒，每每能饮五斗，自作《五斗先生传》，撰《酒经》《酒谱》。后世认为他是五言律诗的奠基人，在诗歌史上具有重要地位。后人将其诗辑入《东皋子集》。

辑二

天涯明月

黄鹤楼
崔颢

昔人已乘黄鹤去，此地空余黄鹤楼。

黄鹤一去不复返，白云千载空悠悠。

晴川历历汉阳树，芳草萋萋鹦鹉洲。

日暮乡关何处是？烟波江上使人愁。

Yellow Crane Tower
Cui Hao

The sage on yellow crane was gone amid clouds white.

To what avail is Yellow Crane Tower left here?

Once gone, the yellow crane will not on earth alight;

Only white clouds still float in vain from year to year.

By sunlit river trees can be counted one by one;

On Parrot Islet sweet green grass grows fast and thick.

Where is my native land beyond the setting sun?

The mist-veiled waves of River Han makes me homesick.

关键词

Once gone, the yellow crane will not on earth alight: on earth, 世界上，人世间。alight, 降落。对译"黄鹤一去不复返"。译诗精准优美。

year to year 和 one by one: year to year, 一年又一年，对译"千载"；one by one, 一棵又一棵，对译"历历"。将原诗"悠悠"和"历历"的音韵之美，活用于"千载"和"历历"，成就了译诗的工整。

sweet green grass grows: sweet 和 green, 对译"芳草萋萋"，押了腹韵。green grass grows, 不仅押了头韵，构词上的相似也为译文平添了形美。虽然，原诗通过叠词"萋萋"营造的音韵美没能再现，但也用另一种"形美"弥补了。

译文

昔日的仙人已乘黄鹤远去，此地只留下空荡荡的黄鹤楼。黄鹤一离去便不再返回，千年来白云依然飘飘悠悠。晴空下，隔江相望，汉阳城里的树木清晰可见，还有鹦鹉洲上茂盛葱郁的草地。暮色渐起，何处是我的家乡呢？江上烟波勾起我无限的乡愁。

崔　颢

崔颢，汴州（今河南开封）人，原籍博陵安平（今河北省衡水市安平县）。出身唐代门阀士族"博陵崔氏"。曾任监察御史，官至司勋员外郎。其作品风格激昂，气势雄浑以边塞诗居多，早期有作品反映闺情和妇女生活，其《黄鹤楼》曾让李白叹服。

静夜思
李白

床前明月光，疑是地上霜。
举头望明月，低头思故乡。

Thoughts on a Tranquil Night
Li Bai

Before my bed a pool of light—
O can it be frost on the ground?
Looking up,I find the moon bright;
Bowing,in homesickness I'm drowned.

关键词

Tranquil Night：Tranquil, 宁静的。对译"静夜"，即"宁静的夜晚"。

a pool of light：意为"一池月光"。关于"床"的意指，译者选取了最为学界认可的说法，即"床"指的是古代庭院中水井的"井栏"。于是，这里的"月光"就更加接近"一池秋水"了。

frost：霜。

bow：使弯曲。这里指"低头"。

homesickness：乡愁，怀乡病。

be drowned：意为"被……淹没""沉湎"，对译诗中"思故乡"，极言思乡之深。其中，light, bright, drowned，读来也有音韵上的和谐。

译文

明亮的月光穿过床前的窗户纸，洒在地上好像结了一层银霜。我抬起头来望着空中那一轮明月，不由得低头思念起了远方的故乡。

登新平楼
李白

去国登兹楼，怀归伤暮秋。
天长落日远，水净寒波流。
秦云起岭树，胡雁飞沙洲。
苍苍几万里，目极令人愁。

Ascending Xinping Tower
Li Bai

Leaving the capital, I climb this tower.
Can I return home like late autumn flower?
The sky is vast, the setting sun is far;
The water clear, the waves much colder are.
Clouds rise above the western-mountain trees;

O' er river dunes fly south-going wild geese,

The boundless land outspread' neath gloomy skies.

How gloomy I feel while I stretch my eyes!

关键词

capital：首都，国都。原诗中"去国"的"国"，即指国都。

Can I return home like late autumn flower：late autumn flower，晚秋的花朵。直译为"我能像深秋的花朵一样回家吗"。对译"怀归伤暮秋"。译者在翻译上遵循孔子"从心所欲不逾矩"的理念，提出"以创补失""美化之艺术"，此处可以说是"创译"即"深化"的翻译成果。

The sky is vast, the setting sun is far：vast，巨大的。对译"天长落日远"。此处为"等化"译法，贵在准确传递原诗风韵。

How gloomy I feel while I stretch my eyes：gloomy，黯淡的，忧愁的。stretch，伸展。直译为"睁眼所见，多么令人哀愁"。对译"目极令人愁"。

译文

我离开国都登上了新平城楼，思归故里让满目秋色也变得伤感。天空辽阔，落日遥远，溪水清澈，寒波流淌。云彩从山岭的树间升起，胡雁从沙洲上缓缓飞过。放眼望着这旷远苍茫的万里山河，极目之处令我满心忧愁。

次北固山下
王湾

客路青山外，行舟绿水前。
潮平两岸阔，风正一帆悬。
海日生残夜，江春入旧年。
乡书何处达？归雁洛阳边。

Passing by the Northern Mountains
Wang Wan

My boat goes by green mountains high,
And passes through the river blue.
The banks seem wide at the full tide;
A sail with ease hangs in soft breeze.
The sun brings light born of last night;

New spring invades old year which fades.

How can I send word to my friend?

Homing wild geese, fly westward please!

关键词

the full tide：涨潮。

The sun brings light born of last night；New spring invades old year which fades：The sun brings light born of last night，直译为"太阳带来了昨夜新生的光"，对译"海日生残夜"。New spring invades old year which fades，直译为"新春涌入逝去的旧年"，对译"江春入旧年"。这一联是千古名对，在时序的交替中，蕴含自然的理趣。译诗缺失了"海"和"江"的意象，化繁为简，属于"浅化"译法。

译文

我在旅途中经过青山，乘船穿过蓝色的河流。

涨潮时河流两岸宽阔，顺风正好可高挂船帆。

夜色将尽海上太阳升，旧年未逝江上春已来。

我的家书如何才能到？请北归大雁送到洛阳。

王　湾

　　王湾，唐代诗人，字号不详，洛阳（今河南洛阳）人。太极元年进士及第，开元初期任荥阳主簿，后任至洛阳尉。《全唐诗》收录其诗十首，其中《次北固山下》最为著名。曾参编《群书四部录》。

商山早行
温庭筠

晨起动征铎，客行悲故乡。
鸡声茅店月，人迹板桥霜。
槲叶落山路，枳花明驿墙。
因思杜陵梦，凫雁满回塘。

Early Departure on Mount Shang
Wen Tingyun

At dawn I rise, with ringing bells my cab goes,
but grieved in thoughts of my home, I feel lost.
As the moon sets over thatched inn, the cock crows;
Footprints are left on wood bridge paved with frost.
The mountain path is covered with oak leaves;

The post-house bright with blooming orange trees.

The dream of my homeland last night still grieves,

A pool of mallards playing with wild geese.

关键词

Early Departure on Mount Shang: departure, 启程。直译为"在商山早早启程"，对译"商山早行"。

at dawn: 拂晓。

with ringing bells my cab goes: cab, 驾驶室，马车。直译为"我的马车在铃铛的响声中前进"，对译"动征铎"。征铎，即远行车马所挂的铃铛。

but grieved in thoughts of my home, I feel lost: 直译为"而我在思乡的情绪中迷失了"。对译"客行悲故乡"。原诗用的是"客行"而非"我行"，是一种虚写，实际上指的就是诗人自己。译诗将人称做了调整，更便于英语国家读者的理解。而补译的"lost"，很好地传达出作者茫然迷失在乡愁中的意蕴。

As the moon sets over thatched inn, the cock crows; Footprints are left on wood bridge paved with frost: 对译"鸡声茅店月，人迹板桥霜"。原诗是一串名词意象的堆叠，没有一个动词，是比较典型的中国诗词句式，而在译诗中，用 crows（鸣叫），sets（悬挂），left（留下）和 paved（铺满）四个动词，化静为动，化解了中英语言理解上的差异，也维护了原诗空旷寂寥的意境美。

grieve: 悲伤。

mallard 和 geese: mallard, 绿头鸭。geese, 鹅。凫雁，有三种说法：一种是鸭和鹅，一种是野鸭和大雁，第三种单指野鸭或者大雁。此处取第一种意思。

译文

　　晨起车马已响起铃铎之声，旅客心怀思乡的悲情上路。听鸡鸣喔喔，残月照着驿站，人迹早已踏污板桥的清霜，槲树叶沙沙飘落在山路上，枳树花开放在驿舍的围墙边。这使人想起梦中的故乡杜陵，满塘凫雁在水中游来游去。

温庭筠

　　温庭筠，唐代诗人、"花间派"代表词人。本名岐，字飞卿，太原祁县（今山西祁县）人。曾为国子助教，其诗与李商隐齐名，人称"温李"。其词艺术成就在晚唐诸词人之上，其词与韦庄齐名，并称"温韦"。

江 汉
杜甫

江汉思归客，乾坤一腐儒。
片云天共远，永夜月同孤。
落日心犹壮，秋风病欲苏。
古来存老马，不必取长途。

On River Han
Du Fu

On River Han my home thoughts fly,
Bookworm with worldly ways in fright.
The cloud and I share the vast sky;
I'm lonely as the moon all night.
My heart won't sink with sinking sun;

West wind blows my illness away.

A jaded horse may not have done,

Though it cannot go a long way.

关键词

bookworm with worldly ways in fright: bookworm，书迷，书呆子。with worldly ways，以世俗的方式。in fright，恐惧的。直译为"不懂得用世俗的方式来生存的书迷"，对译"腐儒"。

A jaded horse may not have done, though it cannot go a long way: jaded，疲惫不堪的。直译为"虽然它不会走很长的路，一匹疲惫的马可能不会这样做"。诗人虽是一个"腐儒"，但心犹壮，病欲苏，同老马一样，虽然年老多病，不能取其体力，但还有智慧可以用，不是一无是处。

译文

我是长江汉水间思念故土的人，天地之间一位迂腐老儒。云朵和我共享广阔天空，夜晚我像月亮一样孤独。我虽年老但雄心壮志仍在，面对飒飒秋风，我觉得病情有所好转。自古养老马是因为其智，不必在意能走多远的路。

回乡偶书
贺知章

（其一）

少小离家老大回，乡音无改鬓毛衰。

儿童相见不相识，笑问客从何处来。

（其二）

离别家乡岁月多，近来人事半消磨。

惟有门前镜湖水，春风不改旧时波。

Home-coming
He Zhizhang

（ I ）

I left home young and not till old do I come back,

Unchanged my accent, my hair no longer black.

The children whom I meet do not know who am I,

"Where do you come from, sir? "they ask with beaming eye.

（Ⅱ）

Since I left my homeland so many years have passed,

So much has faded away and so little can last.

Only in Mirror Lake before my oldened door,

The vernal wind still ripples waves now as before.

关键词

beaming eye: beaming，笑容满面的，发射电波的。译诗用 beaming eye 来描写家乡儿童天真的询问，灵气生动。

So much has faded away and so little can last: faded away，渐渐消失。last，持久。直译为"很多都渐渐消失了，极少能够持久"。对译"近来人事半消磨"。湖波不改，人事日非的感慨愈发深沉。

oldened: 古昔的。

ripples waves: 涟漪。

译文

（其一）

年少时离开家年老时才还乡，口音没有变化双鬓如雪般白。

遇到一群小孩但都不认识我，他们笑着问我客人从何处来。

（其二）

我离开家乡已经很久了，回乡后才觉得这儿的人事变迁很大。

只有家门前那镜湖的水面，被春风吹起的涟漪还和从前一模一样。

贺知章

贺知章，唐代诗人，字季真，自号"四明狂客"，会稽永兴（今浙江萧山）人。与包融、张旭、张若虚并称"吴中四士"。他年少有为，是武则天时期的状元，当过礼部侍郎和工部侍郎，八十多岁才告老回乡。《全唐诗》存诗十九首，流传甚广。其写景之作，清新通俗，甚是清逸可爱。

竹枝词（山桃红花满上头）
刘禹锡

山桃红花满上头，蜀江春水拍山流。
花红易衰似郎意，水流无限似侬愁。

Bamboo Branch Songs
Liu Yuxi

The mountain's red with peach blossoms above;
The shore is washed by spring waves below.
Red blossoms fade fast as my gallant's love;
The river like my sorrow will ever flow.

关键词

Red blossoms fade fast as my gallant's love;The river like my sorrow will ever flow：fade，衰落，褪色。flow，滔滔不绝，涌流。直译为"红花衰落，如同情郎的爱意；我的忧愁好似河流，滔滔不绝"。

译文

山上的桃树枝头开满了红花，蜀地的江水汹涌拍打着山壁。

红花像男人的情意般易逝去，我的愁绪恰似流水绵绵不绝。

渡汉江
宋之问

岭外音书断，经冬复历春。
近乡情更怯，不敢问来人。

Crossing River Han
Song Zhiwen

I longed for news on the frontier
From day to day, from year to year.
Now nearing home, timid I grow,
I dare not ask what I would know.

关键词

cross：渡过。

I longed for news on the frontier：long for，渴望。frontier，边疆。直译为"我在边疆期待着（家乡）的消息"，对译"岭外音书断"。原诗讲身处边疆，音讯隔绝；译诗则侧重思乡的急切，更直白流畅。

from day to day, from year to year：一天又一天，一年又一年。from… to，对应"复"，恰如其分。

timid 和 dare not：timid，胆小的，羞怯的。dare not，不敢。都表现了诗人久别故乡，再次归园的复杂心情。

译文

流放岭南与家人音讯隔绝，经历了冬天，又经历一个春天。离故乡越近心里就越胆怯，不敢向从家那边过来的人问话。

宋之问

宋之问，一名少连，字延清，唐代诗人，律诗的奠基人之一，开创了七言律诗新体。上元进士，曾为尚方监丞、左奉宸内供奉、泷州参军、鸿胪主簿、考功员外郎等。其诗多歌功颂德之作，辞藻华丽，自然流畅。

落 叶

孔绍安

早秋惊落叶，飘零似客心。
翻飞未肯下，犹言惜故林。

Falling Leaves

Kong Shao'an

In early autumn I'm sad to see falling leaves;
They're dreary like a roamer's heart that their fall grieves.
They twist and twirl as if struggling against the breeze;
I seem to hear them cry, "We will not leave our trees."

关键词

　　falling leaves 和 fallen leaves：都指落叶，也常在诗词中出现。不同的是，falling 意为"正在下落的"，fallen 意为"已经落地的"。

　　dreary：沉闷的。

　　a roamer's heart：流浪者的心，即"客心"。

　　twist and twirl：twist，转动。twirl，轻快地旋转。对译"翻飞"，不仅意味形象生动，而且音韵句内押头韵，可谓"兼美"。

　　struggle against：同……作斗争，反抗。

译文

　　秋气早来，树叶飘落，令人心惊，凋零之情就如同这远客的遭遇。树叶翻飞仿佛不愿落地，还在诉说着自己不忍离开这片森林。

孔绍安

孔绍安，隋代诗人，相传为孔子三十二代孙，越州山阴（今浙江绍兴）人。以文辞知名，陈亡入隋，隋亡入唐。有文集五《孔绍安集》十卷，已佚。《全唐诗》收录其诗七首。

山 中

王维

荆溪白石出，天寒红叶稀。
山路元无雨，空翠湿人衣。

In the Hills

Wang Wei

White pebbles hear a blue stream glide;

Red leaves are strewn on cold hillside.

Along the path no rain is seen,

My gown is moist with drizzling green.

关键词

White pebbles hear a blue stream glide：洁白的鹅卵石倾听清溪的欢唱。对译"荆溪白石出"。转原诗"视觉"为译诗"听觉"，若是通晓中英文，对读之下，不禁产生视、听，乃至触觉的移觉通感，神思游离于躯体，融入自然美景。

White pebbles 和 red leaves："白石"对"红叶"，对仗工整。加上前文"blue stream"蓝溪，即清溪，以及后文的"drizzling green"翠湿，传神了原诗冷寂秋光里，风物色彩明艳的跳脱之美。

gown：长袍。

moist：润湿。

drizzling：细雨，毛毛雨。

译文

荆溪的水流渐小，河床上的白色鹅卵石露出水面，天气渐凉，树上的枫叶变得稀少。山路上原本并未下雨，可山色浓绿仿佛要浸湿人的衣裳。

登 高
杜甫

风急天高猿啸哀，渚清沙白鸟飞回。

无边落木萧萧下，不尽长江滚滚来。

万里悲秋常作客，百年多病独登台。

艰难苦恨繁霜鬓，潦倒新停浊酒杯。

On the Height
Du Fu

The wind so swift, the sky so wide, apes wail and cry;

Water so clear and beach so white, birds wheel and fly.

The boundless forest sheds its leaves shower by shower;

The endless river rolls its waves hour after hour.

A thousand miles from home, I'm grieved at autumn's plight;

Ill now and then for years, alone I'm on this height.

Living in times so hard, at frosted hair I pine;

Cast down by poverty, I have to give up wine.

关键词

wail：哀号。

wheel：盘旋。

shower by shower：shower，阵雨。对译"萧萧"，意为"像阵雨般降落"。与译诗中"hour after hour"遥相呼应。原诗"萧萧"摹声，译诗"shower by shower"摹状。

autumn's plight：对译"悲秋"，此处为意译，直译为"秋天的困境"。

译文

风急天高猿猴的啼声显得十分哀婉，水清沙白的河洲上有鸟儿在盘旋。无边无际的落叶萧萧地飘下，望不到头的长江水滚滚而来。悲对秋景感慨万里漂泊长年为客，一生当中疾病缠身今日独上高台。历经了艰难苦恨白发爬满了双鬓，困顿多病只好停下了浇愁的酒杯。

日 暮

杜甫

牛羊下来久，各已闭柴门。

风月自清夜，江山非故园。

石泉流暗壁，草露滴秋根。

头白灯明里，何须花烬繁。

After Sunset

Du Fu

The sheep and cattle come to rest,

All thatched gates closed east and west.

The gentle breeze and the moon bright,

Remind me of homeland at night.

Among rocks flow fountains unseen;

Autumn drips dewdrops on grass green.

The candle brightens white-haired head.

Why should its flame blaze up so red?

关键词

thatched gates：茅草大门，即柴门。

The candle brightens white-haired head：蜡烛照亮了白头。对译"头白灯明里"。

Why should its flame blaze up so red：flame blaze，火焰，火花。直译为"为什么火焰要燃得如此红火"，对译"何须花烬繁"。原诗中，尾联意为"花白的头发与明亮的灯光辉映，灯花何必溅着斑斓的火花，好像要报什么喜讯"，译诗翻译完整，传达出人世苍凉、凄怆无奈的感慨。

译文

牛羊早已回来休息，各家各户紧闭柴门。

夜晚依旧风清月朗，可这江山不是故乡。

岩石间流淌着暗泉，秋日露珠滴落草地。

白发与明灯相辉映，灯花何必烧得通红。

宿建德江

孟浩然

移舟泊烟渚，日暮客愁新。
野旷天低树，江清月近人。

Mooring on the River at Jiande

Meng Haoran

My boat is moored near an isle in mist gray;
I'm grieved anew to see the parting day.
On boundless plain trees seem to touch the sky;
In water clear the moon appears so nigh.

关键词

an isle in mist gray: isle，小岛，即"渚"。mist，雾。对译"烟渚"。

I'm grieved anew to see the parting day: grieve，悲伤。anew，重新。parting day，傍晚。直译为"看到傍晚来临，我又一次涌起忧伤"。对译"日暮客愁新"。

In water clear the moon appears so nigh: clear，明净的。nigh，亲近，接近。直译为"在水中，明净的月亮看起来如此亲近"。对译"江清月近人"。

译文

把船停靠在烟雾笼罩的小洲，日暮勾起羁客心中的忧愁。空旷原野上远天低于近树，倒映在清澈江水中的月亮离人更近了。

孟浩然

孟浩然，唐代诗人，字浩然，襄州襄阳（今湖北襄阳）人，世称孟襄阳。终身布衣，但诗名远播，尤擅山水田园诗，是盛唐山水田园诗派第一人，"兴象"创作之先行者，与王维合称"王孟"。他的诗风清淡自然，最擅长作五言诗，主张作诗不受近体格律束缚，提倡诗中应有弦外之音、象外之旨。著诗二百余首，有《孟浩然诗集》传世。

枫桥夜泊
张继

月落乌啼霜满天，江枫渔火对愁眠。
姑苏城外寒山寺，夜半钟声到客船。

Mooring by Maple Bridge at Night
Zhang Ji

The crows at moonset cry, streaking the frosty sky;
Facing dim fishing boats neath maples, sad I lie.
Beyond the city wall, from Temple of Cold Hill
Bells break the ship-borne roamer's dream in midnight still.

关键词

moor：停泊。

crow：乌鸦。

moonset：月落。

streak：使布满条纹（或条痕）。

frosty sky：frosty，霜冻的。frosty sky，即霜天。

Facing dim fishing boats neath maples, sad I lie：dim，暗淡。neath，在……下方。maples，枫树。直译为"面对枫树下昏暗的渔船，我悲伤地躺着"。对译"江枫渔火对愁眠"。

Temple of Cold Hill：寒山寺。

Bells break the ship-borne roamer's dream in midnight still：roamer，流浪者，旅人。直译为"半夜的钟声敲碎了船上旅人的心"。对译"夜半钟声到客船"。可见，译诗对原诗的意境和内容表达完整，且更生动，是"信达雅"的英译佳句。

译文

月亮已落下乌鸦啼叫寒气满天，对着江边枫树和渔火忧愁难眠。
姑苏城外那寒山古寺清幽寂静，半夜里敲钟的声音传到了客船。

张　继

张继，字懿孙，襄州（今湖北襄阳）人。唐代诗人，天宝十二年进士。其诗诗体清迥，有道者之风，传世不足五十首，《全唐诗》收录一卷，《枫桥夜泊》流传最广，寒山寺也因此成为游览胜地。

闻官军收河南河北
杜甫

剑外忽传收蓟北，初闻涕泪满衣裳。
却看妻子愁何在，漫卷诗书喜欲狂。
白日放歌须纵酒，青春作伴好还乡。
即从巴峡穿巫峡，便下襄阳向洛阳。

Recapture of the Regions North and South of the Yellow
River
Du Fu

It's said the Northern Gate is recaptured of late;
When the news reach my ears, my gown is wet with tears.
Staring at my wife's face, of grief I find no trace;
Rolling up my verse books, my joy like madness looks.

Though I am white-haired, still I'd sing an drink my fill.

With verdure spring's aglow, it's time we homeward go.

We shall sail all the way through Three Gorges in a day.

Going down to Xiangyang, we'll come up to Luoyang.

关键词

Recapture of the Regions North and South of the Yellow River: recapture, 夺回，收复。regions, 区域。Regions North and South of the Yellow River, 黄河的北部和南部，即河南河北。

Staring at my wife's face, of grief I find no trace: star at, 盯着看。grief, 悲伤。trace, 痕迹。直译为"看着妻子的脸，已没有悲伤的痕迹"。对译"却看妻子愁何在"。

roll up: 卷起。

madness: 疯狂。

verdure spring's aglow: verdure, 郁郁葱葱的。aglow, 光照融融。直译为"郁郁葱葱的春光"。对译"青春"，即明媚的春光。

homeward: 回家的。

Three Gorges: 三峡。"即从巴峡穿巫峡，便下襄阳向洛阳"，两句四个地名，既是当句对，又是前后对，形成工整的名对。而"即从""便下"，一起贯注，又是活泼的流水对。译诗则以不断变换往复的句内韵，gate 和 late, ears 和 tears, face 和 trace, books 和 looks, am 和 an, aglow 和 go, way 和 day, Xiangyang 和 Luoyang, 回应了这种诗词的"音美"。

译文

最近听闻北方门户被夺回，初闻喜讯泪水洒满了衣衫。

再看妻子儿女的愁容不在，我随意翻卷诗书欣喜若狂。

老夫想放声高歌纵情饮酒，趁着大好的春光伴我还乡。

随即从巴峡乘舟穿过巫峡，再顺水经过襄阳回到洛阳。

游子吟
孟郊

慈母手中线，游子身上衣。
临行密密缝，意恐迟迟归。
谁言寸草心，报得三春晖。

Song of the Parting Son
Meng Jiao

From the threads a mother's hand weaves,
A gown for parting son is made.
Sown stitch by stitch before he leaves,
For fear his return be delayed.
Such kindness as young grass receives,
From the warm sun can't be repaid.

关键词

Parting Son：parting，分别的。Parting Son，游子。

gown：长袍，指游子的"身上衣"。

Sown stitch by stitch：sown，播种，密布。stitch by stitch，一针一针地。对译"密密缝"。翻译精准生动。

young grass：嫩草。对译"寸草"。

From the warm sun can't be repaid：repaid，回报，报答。直译为"温暖的阳光是无法偿还的"。原诗是反问句式"谁言寸草心，报得三春晖"。谁说寸草的微弱孝心，可以报答慈母春阳般的恩情呢？而译诗化繁为简，直言寸草孝心无法偿还慈母深恩。

译文

慈爱的母亲手中把着的针线，为即将远游的孩子赶制新衣。临行之时一针针密密地缝，怕孩子在外面待久了，衣服会不够结实。谁说儿女微如草芥的孝心，能报答得了像春光一样浩荡无私的母爱呢？

孟　郊

　　孟郊，唐代诗人，字东野，湖州武康（今浙江德清）人，祖籍平昌（今山东安丘），时称"平昌孟东野"。他生性孤直，一生穷困潦倒。他是苦吟诗人的代表，与贾岛并称为"郊寒岛瘦"。其作品收录于《孟东野诗集》。

清 明

杜牧

清明时节雨纷纷，路上行人欲断魂。
借问酒家何处有？牧童遥指杏花村。

The Mourning Day

Du Mu

A drizzling rain falls like tears on the Mourning Day;
The mourner's heart is going to break on his way.
Where can a wine shop be found to drown his sad hours?
A cowherd points to a cot amid apricot flowers.

关键词

A drizzling rain falls like tears on the Mourning Day: a drizzling rain，一阵毛毛雨。the Mourning Day，哀悼日，此处借指"清明"。直译为"清明日的一阵毛毛细雨，好像人们的泪眼"。对译"清明时节雨纷纷"。迷离凄清，意境全出。

mourner：哀悼者。"路上行人"皆为清明节的祭祀者，译诗运用"浅化"法，化隐为显，点明"欲断魂"的"路上行人"都是哀悼者。

cowherd：牛倌，即"牧童"。

apricot flowers：杏花。

译文

清明时节总是细雨纷纷，路上的行人好似失了魂一样迷茫。问牧童何处有酒家可以借宿，他指了指远处的杏花村。

杜 牧

　　杜牧，字牧之，因晚年居樊川别业，号樊川居士，唐代文学家，与李商隐并称"小李杜"，京兆万年（今陕西西安）人。大和二年中进士，授弘文馆校书郎，官终中书舍人。其诗、文均负盛名，诗以七言著称，文以《阿房宫赋》最为著名。有《樊川文集》二十卷传世，《全唐诗》编其诗八卷。

點點蓼花映碧流
塘吹旅影蕭沙洲
道入平堤苦
愁家寫到
荒涼六
感秋

子夜

吴歌

春 思

李白

燕草如碧丝，秦桑低绿枝。

当君怀归日，是妾断肠时。

春风不相识，何事入罗帏？

A Faithful Wife Longing for Her Husband in Spring

Li Bai

Northern grass looks like green silk thread;

Western mulberries bend their head.

When you think of your home on your part,

Already broken is my heart.

Vernal wind, intruder unseen,

O how dare you part my bed screen!

关键词

faithful wife: 忠贞的妻子，此处指中华文化中的"思妇"形象。

long for: 渴望，思念。

green silk thread: silk，丝。thread，线。green silk thread，即"碧丝"。

mulberries: 桑叶。

vernal wind: vernal，春季的。vernal wind，春风。

intruder: 闯入，侵入。和原诗"何事入罗帏"相呼应，有拟人的意味。

thread 和 head，part 和 heart，unseen 和 screen: AABBCC 型押韵脚。而 grass 和 green 构成头韵。译诗在表现原诗婉约意境的同时，也兼美了韵律的精巧。

译文

燕地春草碧如青丝，秦地桑叶压弯绿枝。当你怀念故乡盼归之日，正是我有断肠相思之时。春风啊你与我互不相识，吹进我的罗帐所为何事？

长干行
李白

妾发初覆额，折花门前剧。

郎骑竹马来，绕床弄青梅。

同居长干里，两小无嫌猜，

十四为君妇，羞颜未尝开。

低头向暗壁，千唤不一回。

十五始展眉，愿同尘与灰。

常存抱柱信，岂上望夫台。

十六君远行，瞿塘滟滪堆。

五月不可触，猿声天上哀。

门前迟行迹，一一生绿苔。

苔深不能扫，落叶秋风早。

八月蝴蝶来，双飞西园草。

感此伤妾心，坐愁红颜老。

早晚下三巴，预将书报家。

相迎不道远，直至长风沙。

Ballad of a Trader's Wife
Li Bai

My forehead barely covered by my hair,

Outdoors I plucked and played with flowers fair.

On hobby horse he came upon the scene;

Around the well we played with mumes still green.

We lived close neighbors on Riverside Lane,

Carefree and innocent, we children twain.

At fourteen years old I became his bride;

I often turned my bashful face aside.

Hanging my head,I'd look on the dark wall;

I would not answer his call upon call.

I was fifteen when I composed my brows;

To mix my dust with his were my dear vows.

Rather than break faith, he declared he'd die.

Who knew I'd live alone in tower high?

I was sixteen when he went far away,

Passing Three Gorges studded with rocks grey.

Where ships were wrecked when spring flood ran high,

Where gibbons' wails seemed coming from the sky.

Green moss now overgrows before our door;

His footprints, hidden, can be seen no more.

Moss can't be swept away, so thick it grows,

And leaves fall early when the west wind blows.

In yellow autumn butterflies would pass

Two by two in west garden over the grass.

The sight would break my heart and I'm afraid,

Sitting alone, my rosy cheeks would fade.

"O when are you to leave the western land?

Do not forget to tell me beforehand!

I'll walk to meet you and would not call it far

Even to go to Long Wind Beach where you are."

关键词

Ballad of a Trader's Wife: Ballad，叙事诗。直译为"一位商妇的叙事诗"。原诗是商妇自述自己的心路历程与生活状态，此处诗题"长干行"的翻译当属意译。译诗沿用了第一人称叙述，用"you"来指代其丈夫。

My forehead barely covered by my hair: barely，几乎没有。直译为"我的头发刚刚长到额头的地方"。对译"妾发初覆额"。妾，女子谦称。

hobby horse: 木马，用英美文化中的"木马"对译中华文化中的"竹马"，脚踏中西，求同存异，可谓"神笔"。

Carefree and innocent, we children twain: carefree，无牵无挂的。innocent，天真无邪的。twain，二。对译"两小无嫌猜"。

riverside lane: 直译为"河边的胡同"。对译"长干里"。"长干里"在南京，在古代，是船民集居之地，这又是意译。

At fourteen years old I became his bride: bride，新娘。对译

"十四为君妇"。

composed my brows: compose，使平静。brows，眉毛。对译"始展眉"。

Rather than break faith, he declared he'd die: rather than，而不是。Faith，信仰，信心。declare，宣称。直译为"他宣称宁可死亡，也不会背信弃义"。

live alone in tower: 直译为"独留在塔里"。这里指望夫台。

spring flood: 春汛。即春水涨潮。

where gibbons' wails seemed coming from the sky: gibbons，猿。wails，哀号。对译"猿声天上哀"。由于猿的叫声凄切，所以古诗中常用猿鸣来烘托悲凉凄清的气氛。

rosy cheeks: 直译为"粉色的脸颊"，对译"红颜"。英译形神兼备。

Long Wind Beach: 对译"长风沙"。诗中"长风沙"在今安徽省安庆市的长江边上。所以，此处译为"Beach"，沙滩边，是准确的。

hair 和 fair，scene 和 green，lane 和 twain，bride 和 aside，wall 和 call，brows 和 vows，die 和 high，away 和 grey，high 和 sky，door 和 more，grows、blows、pass 和 grass，afraid、fade、land 和 beforehand，far 和 are：用 AABB 的方式不断换韵，灵活自如，形式工整，错落有致，读来朗朗上口，完美地体现了原诗的意境。

译文

我的刘海才刚刚覆盖额头，便同你在门前折花做游戏。你骑着竹马走进我的视野，我们绕井栏追逐互掷青梅。我们是居住在长干里的邻居，从小便没有嫌隙和猜忌。十四岁时我成为你的妻子，我从未将羞红的脸展现在人前。我低下头朝着黑暗的墙壁，千声呼唤也不愿回一次头。十五岁时我才摆脱少女的羞涩，愿与你永不分离直到死后化作尘土。你若常有尾生抱柱般的信念，我岂会想到登上望夫台。我十六岁时你远走他乡，经过瞿塘峡的滟滪堆。五月水涨时船只易在那里触礁，猿猴哀伤的号叫仿佛来自天空。家门前你留下的深深足迹，一一长满了厚青苔。青苔藓长得太厚无法扫走，秋风吹来树叶早早落下。金秋八月蝴蝶纷纷飞来，两只蝴蝶在西园草地成双飞舞。此番景象让我感到万分伤心，因而忧心年轻的容颜会在等待中老去。不论什么时候你想下三巴回家，请先把家书寄给我。我必定远道相迎，一直到长风沙迎你。

荆州歌
李白

白帝城边足风波，瞿塘五月谁敢过？
荆州麦熟茧成蛾，缲丝忆君头绪多，
拨谷飞鸣奈妾何！

The Silk Spinner
Li Bai

The White King Town's seen many shipwrecks on the sands.

Who dare to sail through Three Gorges in the fifth moon?

The wheat is ripe, the silkworm has made its cocoon.

My thoughts of you are endless as the silken strands.

The cuckoos sing: "Go Home!"When will you come to homeland?

关键词

The Silk Spinner：纺织者。对译诗题"荆州歌"，也是根据书写对象的意译。

shipwreck：轮船失事。

silkworm：蚕。

cocoon：蚕茧。

cuckoo：布谷鸟。

sands 和 strands，moon 和 cocoon，隔句押韵脚。而 sands 和 strands 还兼顾了头韵。译诗在表达原诗相思愁绪的同时，也体现了韵律的精巧。

译文

白王镇的沙滩上常见许多沉船。

谁胆敢在五月航行经过瞿塘峡？

荆州的麦子熟了，蚕也结成了茧。

对你的思念如缫丝般头绪万千。

杜鹃歌唱勾起我的思念，叫我怎么办啊！

无 题

李商隐

相见时难别亦难，东风无力百花残。

春蚕到死丝方尽，蜡炬成灰泪始干。

晓镜但愁云鬓改，夜吟应觉月光寒。

蓬山此去无多路，青鸟殷勤为探看。

To One Unnamed

Li Shangyin

It's difficult for us to meet and hard to part;

The east wind is too weak to revive flowers dead.

Spring silkworm till its death spins silk from love-sick heart;

A candle but when burned out has no tears to shed.

At dawn I'm grieved to think your mirrored hair turns grey;

At night you would feel cold while I croon by moonlight.

To the three fairy hills it is not a long way.

Would the blue birds oft fly to see you on the height?

关键词

To One Unnamed：对译诗题"无题"，意为"给一位不知姓名的人"。译文参考了原诗的写作背景，李商隐这首《无题》确实是隐晦迷离，不知寄予何人何情。

difficult 和 hard：二者都是"难"，用不同的英文单词译同一个中文词，体现了译诗"求易创新"的追求。

slik 和 love-sick：slik 对译"丝"，love-sick 意为"相思病"。不仅译出了"春蚕到死丝方尽"中"丝"的双关意味，还达到了 slik 和 sick 的音律美。

hair turns grey：grey，灰色的。英语中，因衰老而生的头发，不能译为 white hair，而应译为 grey hair。

blue bird：青鸟。相传青鸟是带来幸福的鸟，青蓝色。

译文

见面的机会难得，分别时也难舍难分，况且又是东风将收的暮春天气，百花残谢，更加令人伤感。春蚕到死方吐尽丝，蜡烛燃成灰烬，如泪的蜡油才停止滴落。女子清晨照镜子只愁鬓发颜色变白，男子夜晚长吟应是觉得月光太寒冷。想去蓬莱仙山却无路可走，但愿有青鸟能殷勤地帮我去探望。

李商隐

　　李商隐，字义山，号玉溪（谿）生，晚唐诗坛之巨擘，河内沁阳（今河南省焦作市）人，出生于郑州荥阳，与杜牧合称"小李杜"。其骈文与温庭筠、段成式齐名。他的爱情诗与无题诗写得缠绵悱恻，广为传颂。有《李义山诗集》六卷。

锦　瑟
李商隐

锦瑟无端五十弦，一弦一柱思华年。
庄生晓梦迷蝴蝶，望帝春心托杜鹃。
沧海月明珠有泪，蓝田日暖玉生烟。
此情可待成追忆，只是当时已惘然。

The Sad Zither
Li Shangyin

Why should the sad zither have fifty strings?
Each string, each strain evokes but vanished springs:
Dim morning dream to be a butterfly;
Amorous heart poured out in cuckoo's cry.
In moonlit pearls see tears in mermaid's eyes;

From sunburnt jade in Blue Field let smoke rise.

Such feeling cannot be recalled again;

It seemed lost even when it was felt then.

关键词

the sad zither: zither, 古筝。直译为"悲伤的古筝", 对译"锦瑟", 追求意境和谐, 并未对等直译。

Each string, each strain: string, 线。strain, 拉紧。直译为"每一根线, 每一次弹奏", 对译"一弦一柱"。较好地保留了原诗原意。

evokes but vanished springs: evoke, 唤起。vanish, 逝去。vanished springs, 逝去的很多春天。直译为"唤醒了很多逝去的春天"。对译"思华年", 精准美好。

dim: 暗淡的。

Amorous heart: 多情的心。对译"春心"。

pour out: 倾诉。

sunburnt jade: 直译为"暴晒的珠宝", 对译"日暖玉"。

It seemed lost even when it was felt then: even when, 即使。felt then, 当时觉得, 情何以堪。直译为"当时无论如何感受, 还是一样迷茫, 失去了它(情感)啊"。对译"只是当时已惘然", 译诗承接了诗人痛惜年华流逝的哀怨与感伤。

strings 和 springs, butterfly 和 cry, eyes 和 rise, again 和 then: 韵脚为 AABBCCDD。同时, string 和 strain, 还押了头韵。这些既产生了一种节奏感, 又呈现了视觉的美感, 使原诗的情景物象、人物情态、情感意蕴完美投射出来, 达到了"音、形、意"三美齐备。

译文

锦瑟没来由竟有五十根弦，每一弦每一柱都让我想起青春年华。庄周知道清晨之梦是因向往那自由的蝴蝶，望帝美好的心意也可以感动杜鹃鸟。大海中的月影像是鲛人泪化成的珍珠，蓝田的太阳会让玉石发出朦胧如烟的珠光。让人动情的事情只能留在回忆中怀念，可当时看来却稀松平常不值得珍惜。

夜雨寄北
李商隐

君问归期未有期，巴山夜雨涨秋池。
何当共剪西窗烛，却话巴山夜雨时。

Written on a Rainy Night to My Wife in the North
Li Shangyin

You ask me when I can return, but I don't know;
It rains in western hills and autumn pools overflow.
When can we trim by window side the candlelight
And talk about the western hills in rainy night?

关键词

Written on a Rainy Night to My Wife in the North：直译为"在一个雨夜写信给我身在北方的妻子"。对译诗题"夜雨寄北"。诗人当时在巴蜀（今四川省），而亲友均在长安，故有此说。有人说这是写给朋友的，有人说是写给妻子的。译诗选择了"与妻书"的视角。

It rains in western hills：直译为"西山雨"。对译"巴山夜雨"。在中国古典文化中，"南浦云""西山雨"是带有离别意味的常用意象，且巴山也在中国西部。故此译既简化了翻译，也别具古诗词韵味，可谓精妙。

overflow：流出，涨满。

trim：修剪。

译文

你问归期，归期实难说准；巴山连夜暴雨，雨水涨满秋日池塘。何时归来在西窗下一同剪烛，当面诉说巴山夜雨况味。

嫦娥

李商隐

云母屏风烛影深，长河渐落晓星沉。
嫦娥应悔偷灵药，碧海青天夜夜心。

To the Moon Goddess

Li Shangyin

Upon the marble screen the candlelight is winking;

The Silver River slants and morning stars are sinking.

You'd regret to have stolen the miraculous potion;

Each night you brood over the lonely celestial ocean.

关键词

marble screen: marble，大理石。screen，屏幕，围屏。对译"云母屏风"。

the candlelight is winking: candlelight，烛光。Wink，闪烁。直译为"烛光摇曳"。对译"烛影深"。

Silver River: 意为"银河，星夜"，对译"长河"。在西方文化中，银河是 milk way，在中国古诗词的英译中，一般为 Silver River。

slant 和 sink: slant 下斜，sink 下沉。对译"渐落""（星）沉"，语意准确，语音有乐感。

miraculous potion: miraculous，神奇的。Potion，魔水。对译"灵药"。

brood: 忧思，焦虑。

celestial ocean: celestial，天空的，天堂的。对译"碧海青天"。

译文

云母屏风染上一层浓浓的烛影，空中星河逐渐消逝，启明星已下沉。嫦娥想必十分后悔偷吃灵药，如今独处碧海青天，夜夜伤心。

柳

李商隐

曾逐东风拂舞筵，乐游春苑断肠天。

如何肯到清秋日，已带斜阳又带蝉。

To the Willow Tree

Li Shangyin

Having caressed the dancers in the vernal breeze,

You' re ravished amid the merry-making trees.

How can you wail until clear autumn days are done,

To shrill like poor cicadas in the setting sun?

关键词

caress：抚摸。

vernal breeze：春天的微风。对译"东风"。由于中英地理差异，英国属温带海洋性气候，西风是温暖湿润的，带来春天的讯息；而在中国则相反，东风才是春天的风。所以，译诗不用"东风"，而用"春风"，弥合了中西文化理解上的差异。

ravish：使狂喜。

merry-making：狂欢。

clear autumn：清爽的秋季，即"清秋"。

wail：号哭。

cicada：蝉。

setting sun：落日，斜阳。

译文

你曾随东风轻拂舞者，那时是繁花似锦的春日。

又为何挨到清冷秋天，现在已是夕阳西斜秋蝉哀鸣了。

听 筝
李端

鸣筝金粟柱，素手玉房前。
欲得周郎顾，时时误拂弦。

The Golden Zither
Li Duan

How clear the golden zither rings
When her fair fingers touch its strings.
To draw attention of her lord,
Now and then she strikes a discord.

关键词

The Golden Zither：金质的古筝。译诗题没有对应原诗题"听筝"，而是结合下文"金粟柱"，译为"金色的古筝"。

draw attention of：提请注意。

lord：贵族。原诗是"周郎"，相传三国时代周瑜精通音律，"曲有误，周郎顾"。这里指弹琴者偶尔故意弹错，希望得到知音的关注。由于中西方文化差异，此处选择了"浅化"，直接说期待贵族听琴者的关注，更简单直白。

discord：不和谐。

译文

金粟轴古筝发出悦耳琴声，洁白的手拨弄着琴弦。为了得到周郎的青睐，她常常故意拨错筝弦。

李　端

　　李端，字正己，赵州（今河北省赵县）人，"大历十才子"之一。大历五年中进士，后辞官，建中复为官，官至杭州司马。有《李端诗集》三卷，其闺情诗清婉高雅，《听筝》《闺情》《拜新月》流传甚广。

相 思

王维

红豆生南国，春来发几枝。

愿君多采撷，此物最相思。

Love Seeds

Wang Wei

The red beans grow in southern land.

How many load in spring the trees?

Gather them till full is your hand;

They would revive fond memories.

关键词

Love Seeds：直译为"爱情的种子"。作为诗题的翻译，引发"多情种""红豆""相思"等多重语义联想，诠释诗歌之美。

load：承载，负荷。既写出"红豆压枝"的美景，也极言"相思深重"。

Gather them till full is your hand：gather，收集，对译"采撷"。没有用 pick up 而用 gather，营造出将红豆捧在手心的珍贵的情境。在词义相近的翻译中，选择了创译之法。

They would revive fond memories：fond，喜爱，深情，尤指认识已久的人。revive，复苏，重演。直译为"他们将收到深情的回忆"。对译"此物最相思"。创造性地展现了捧起红豆，仿佛旧日美好重演的情景，相思丝丝入扣，绵绵不绝。

译文

红豆生长在温暖的南方，春天不知长出了多少枝。

希望思念的人多采一些，因为它最能寄托相思了。

秋夜曲
王维

桂魄初生秋露微，轻罗已薄未更衣。
银筝夜久殷勤弄，心怯空房不忍归。

Song of an Autumn Night
Wang Wei

Chilled by light autumn dew beneath the crescent moon.
She has not changed her dress though her silk robe is thin.
Playing all night on silver lute an endless tune,
Afraid of empty room, she can't bear to go in.

关键词

Chilled by light autumn dew beneath the crescent moon: Chilled by light autumn dew，冷却了的初秋露水。beneath the crescent moon，在新月之下。对译"桂魄初生秋露微"。古代传说月中有桂，故"桂魄"为月的别称。将"桂魄"译为 crescent moon，是浅化，以减少中英文化差异造成的理解障碍。

robe：袍服。

silver lute：lute，诗琴，琵琶，这里指古筝。对译"银筝"。

tune：曲调。

译文

秋月升起恰逢秋露初生，罗衣轻薄并未换厚衣裳。

漫漫长夜深情弹奏古筝，害怕独守空房不愿进屋。

秋 夕

杜牧

银烛秋光冷画屏，轻罗小扇扑流萤。

天阶夜色凉如水，坐看牵牛织女星。

An Autumn Night

Du Mu

Autumn has chilled the painted screen in candlelight;

A palace maid uses a fan to catch fireflies.

The steps seem steeped in water when cold grows the night;

She sits to watch two stars in love meet in the skies.

关键词

Autumn has chilled the painted screen in candlelight: chilled，使……冰冷。painted screen，画屏。直译为"烛光里，秋天使画屏变得冰冷"。对译"银烛秋光冷画屏"，契合暗淡幽冷的色调。

palace maid：宫殿里的侍女，即宫女。译诗点明了原诗中隐写的人物——宫女，描述孤单的宫女，于七夕之夜，仰望银河，扇扑流萤，排遣心中寂寞的情境。

fireflies：萤火虫。对译"流萤"。

The steps seem steeped in water when cold grows the night: steep，浸泡。直译为"夜间寒气滋长，台阶似乎浸在水里"。对译"天阶夜色凉如水"，可见夜已深沉，寒意袭人。

two stars in love：恋爱中的两个星，即"牵牛织女星"。

译文

秋夜里的清冷烛光照着画屏，手拿着小罗扇扑打萤火虫。

夜色里的石阶清凉如水，宫娥静坐寝宫凝视牛郎织女星。

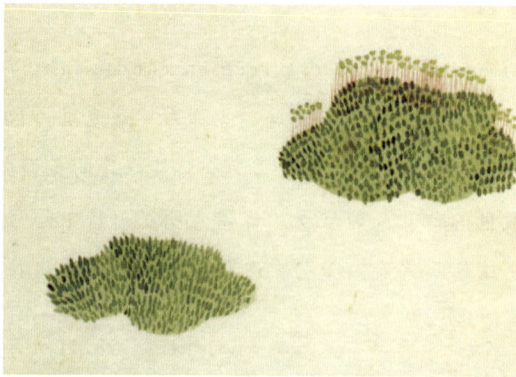

竹枝词（杨柳青青江水平）

刘禹锡

杨柳青青江水平，闻郎江上唱歌声。
东边日出西边雨，道是无晴却有晴。

Bamboo Branch Songs

Liu Yuxi

Between the green willows the river flows along;
My gallant in a boat is heard to sing a song.
The west is veiled in rain, the east enjoys sunshine,
My gallant is as deep in love as the day is fine.

关键词

Bamboo Branch：竹枝。

gallant：求爱者。即原诗中的"郎"。

The west is veiled in rain, the east enjoys sunshine: veil, 面纱。enjoy, 享受。直译为"西边如蒙面纱在雨中，东边享受着日光"。对译"东边日出西边雨"。

My gallant is as deep in love as the day is fine：我意中人的深爱如同美好的天气。原诗中，诗人以少女的口吻，揣测心上人的心意，如同夏季天气的阴晴不定，不知对自己是否有情。天"晴"和爱"情"的谐音双关，表现初恋忐忑不安的微妙情绪。译诗无法呈现谐音双关，重在强调天气的变幻莫测，好像爱情的深浅有无。

译文

青青杨柳之间江水平静流淌，听见情郎在船上唱歌的声音。

东边太阳照耀西边却下起雨，说不是晴天却又有晴天。

题都城南庄

崔护

去年今日此门中，人面桃花相映红。

人面不知何处去，桃花依旧笑春风。

Written in a Village South of the Capital

Cui Hu

In this house on this day last year a pink face vied;

In beauty with the pink peach blossom side by side.

I do not know today where the pink face has gone;

In vernal breeze still smile pink peach blossoms full blown.

关键词

Written in a Village South of the Capital：写在都城以南的村庄，即"题都城南庄"。

In beauty with the pink peach blossom side by side：美女和粉色的桃花并肩共处。对译"人面桃花相映红"。

in vernal breeze still smile pink peach blossoms full blown：full blown，怒放。直译为"在春风里，粉红的桃花依然怒放"。对译"桃花依旧笑春风"。

pink 和 peach blossoms：对应原诗,译诗反复出现"pink""peach blossoms"，与中国传统文化中,形容少女美好姿容的"粉面含春""人面桃花"异曲同工。

译文

去年的今天在这门内的院中，绯红脸庞和红色桃花相映衬。

今日那美人已不知去向何处，只有桃花依旧在春风中怒放。

崔 护

崔护，字殷功，唐末诗人，博陵（今河北定州）人。贞元十二年进士及第，曾任岭南节度使。其诗语言清新、率真自然。《全唐诗》存诗六首，《题都城南庄》流传最广，一句"人面桃花相映红"让其留下千古诗名。

赠去婢

崔郊

公子王孙逐后尘，绿珠垂泪滴罗巾。

侯门一入深如海，从此萧郎是路人。

To the Maid of My Aunt

Cui Jiao

Even sons of prince and lord try to find thy trace;

Thy scarf is wet with pearl-like tears dropped from thy face.

The mansion where thou enter is deep as the sea;

Thy master from now on is a stranger to thee.

关键词

To the Maid of My Aunt: maid, 侍女, 女仆。aunt, 阿姨, 姑母。直译为"给我姑母的侍女"。据唐末《云溪友议》记载，唐元和年间，秀才崔郊爱上了姑母的婢女。然而，两人却没能在一起。后来，这个婢女被卖给了别家，二人在一次寒食节外出时，不期而遇。将要分别时，崔郊写下了这首《赠去婢》。

thy, thou, thee: 古英语。thy, 你的。thou, 你（主格）。Thee, 你（宾格）。诗人以"萧郎"自谓，"你"即受赠该诗的美婢。

scarf: 手帕。

pearl-like tears dropped: pearl-like, 珍珠般的。对译"绿珠垂泪"。而在原诗中，"绿珠"一词双关。绿珠，原是西晋富豪石崇的宠姜，相传赵王伦专权时，他手下的孙秀向石崇索取绿珠而遭拒。石崇因此下狱，绿珠也坠楼身亡。这里喻指被人夺走的婢女。译诗浅译，不再体现典故。

mansion: 宅院，即侯门。

master: 主人，这里指美婢的心上人，也即诗人。

译文

王孙公子竞相追逐着她的踪迹，貌美女子的泪水滴落在手帕上。
一旦进入侯门便如进入了深海，从此心爱的男子便成了陌路人。

崔 郊

　　崔郊，唐代元和年间秀才，《全唐诗》中仅收录《赠去婢》一首诗，单凭一首诗千古留名，其爱情故事也广为流传。

离 思

元稹

曾经沧海难为水，除却巫山不是云。

取次花丛懒回顾，半缘修道半缘君。

Thinking of My Dear Departed

Yuan Zhen

No water's wide enough when you have crossed the sea;

No cloud is beautiful but that which crowns the peak.

I pass by flowers which fail to attract poor me;

Half for your sake and half for Taoism I seek.

关键词

Thinking of My Dear Departed：departed，逝者。直译为"怀念我亲爱的逝者"。对译"离思"。

crowns the peak：crown，使……到顶。crowns the peak，即"登顶"。

fail to：未能。

attract：吸引。

Half for your sake and half for Taoism I seek：sake，缘故。Taoism，道家。Taoism I seek，追寻的道家，即"修道"。本句直译为"一半是你的缘故，一半是为了修道"。对译"半缘修道半缘君"。译诗精雅，赞美了夫妻之间的恩爱，表达了对亡妻的忠贞与怀念。

译文

我曾见过大海便不会被小小溪流吸引，除了巫山的云其他的云都黯然失色。即使走过盛开的花丛我也懒得回头观赏，一半是因为我潜心修道一半是因为我曾经有你。

元 稹

元稹，字微之，别字威明，河内（今河南洛阳）人。唐代文学家，曾倡导新乐府运动，与白居易为好友，世称"元白"。元稹于贞元九年明经及第，曾任左拾遗、校书郎、监察御史、工部侍郎等职，大和五年去世，追赠尚书右仆射。有《元氏长庆集》一百卷传世。现存诗作八百三十余首。

叹 花

杜牧

自是寻春去校迟，不须惆怅怨芳时。

狂风落尽深红色，绿叶成阴子满枝。

Sighing over Fallen Flowers

Du Mu

I regret to be late to seek for blooming spring;

The flowers not in full bloom in years past I've seen.

The strong wind blows down flowers which sway and swing,

The tree will be laden with red fruit and leaves green.

关键词

sigh over：叹息。

sway and swing：sway 和 swing，都是"摇摆"之义，极言在风雨中落花摧折，褪尽红芳。

The tree will be laden with red fruit and leaves green：be laden with，满载。直译为"这棵树满是红色的果实和绿色的叶子"。对译"绿叶成阴子满枝"。译诗在"绿叶"之外，增加了"红果"，色彩对仗。延续了原诗"比兴"的手法，以自然界的花开花谢，绿树成荫结果，暗喻少女花期已过，结婚生子。

译文

我后悔太晚才去寻找春天了，也不必惆怅埋怨花开得太早。狂风已经将红花尽数吹落，绿叶繁茂成树荫，果实也挂满了枝头。

春江花月夜
张若虚

春江潮水连海平，海上明月共潮生。
滟滟随波千万里，何处春江无月明。
江流宛转绕芳甸，月照花林皆似霰；
空里流霜不觉飞，汀上白沙看不见。
江天一色无纤尘，皎皎空中孤月轮。
江畔何人初见月？江月何年初照人？
人生代代无穷已，江月年年望相似。
不知江月待何人，但见长江送流水。
白云一片去悠悠，青枫浦上不胜愁。
谁家今夜扁舟子？何处相思明月楼？
可怜楼上月徘徊，应照离人妆镜台。
玉户帘中卷不去，捣衣砧上拂还来。
此时相望不相闻，愿逐月华流照君。
鸿雁长飞光不度，鱼龙潜跃水成文。

昨夜闲潭梦落花，可怜春半不还家。

江水流春去欲尽，江潭落月复西斜。

斜月沉沉藏海雾，碣石潇湘无限路。

不知乘月几人归，落月摇情满江树。

The Moon over the River on a Spring Night
Zhang Ruoxu

In spring the river rises as high as the sea.

And with the river's tide uprises the moon bright.

She follows the rolling waves for ten thousand li;

Where' er the river flows, there overflows her light.

The river winds around the fragrant islet where,

The blooming flowers in her light all look like snow.

You cannot tell her beams from hoar frost in the air.

Nor from white sand upon the Farewell Beach below.

No dust has stained the water blending with the skies;

A lonely wheel−like moon shines brilliant far and wide.

Who by the riverside did first see the moon rise?

When did the moon first see a man by riverside?

Many generations have come and passed away;

From year to year the moons look alike, old and new.

We do not know tonight for whom she sheds her ray.

But hear the river say to its water adieu.

Away, away is sailing a single cloud white;

On Farewell Beach are pining away maples green.

Where is the wanderer sailing his boat tonight?

Who, pining away, on the moonlit rails would lean?

Alas! The moon is lingering over the tower;

It should have seen her dressing table all alone.

She may roll curtains up, but light is in her bower;

She may wash, but moonbeams still remain on the stone.

She sees the moon, but her husband is out of sight;

She would follow the moonbeams to shine on his face.

But message-bearing swans can't fly out of moonlight,

Nor letter-sending fish can leap out of their place.

He dreamed of flowers falling o'er the pool last night;

Alas! Spring has half gone, but he can't homeward go.

The water bearing spring will run away in flight;

The moon over the pool will sink low.

In the mist on the sea the slanting moon will hide;

It's a long way from northern hills to southern streams.

How many can go home by moonlight on the tide?

The setting moon sheds o'er riverside trees but dreams.

关键词

The Moon over the River on a Spring Night: over, 在······之上。直译为"在春天的夜晚，江上有一轮月亮"。对译"春江花月夜"。英译诗题精雅准确。

as high as the sea: 和海水一样高，对译"连海平"。

the river's tide uprises: tide, 潮汐。uprise, 升起。the river's tide uprises, 即潮起, 对译"潮生"。

follows the rolling waves: follow, 跟随。rolling, 翻滚的。waves, 波浪。follows the rolling waves, 即随波。

overflow: 溢出。

fragrant islet: fragrant, 芳香的。islet, 小岛。对译"芳甸"。

The blooming flowers in her light all look like snow: blooming flower, 盛开的花朵。in her light, 在她的光照下, 即月光下。在这首英译诗中, "she""her"等女性的第三人称单数, 即指月亮、月光等。对译"月照花林皆似霰"。霰, 一种小冰晶, 常常随雪一起降落, 此处译为"snow"。

upon 和 below: upon, 在……之上。below, 在……之下。形容上下全部。

the Farewell Beach: farewell, 告别。beach, 沙滩。the Farewell Beach, 告别的沙滩, 即"汀上"。

No dust has stained the water blending with the skies: dust, 灰尘。stain, 玷污。blend with, 掺和。直译为"没有一点灰尘玷污了水面, 或者是掺和了天空"。对译"江天一色无纤尘"。译诗意蕴完整优美, 结构整齐清晰, 可谓"信达雅"。

wheel-like moon: wheel-like, 轮状的。wheel-like moon, 轮状的圆月, 对译"孤月轮"。

brilliant: 明亮的。

Many generations have come and passed away; From year to year the moons look alike, old and new: generation, 代。passed away, 去世, 谢世。look alike, 相似。直译为"一代代人离世, 一年年的月亮看起来都那么相似, 无论新旧"。对译"人生代代无穷已, 江月年年望相似"。

whom she sheds her ray：shed，掉落，这里有降临的意思。ray，光线。直译为"她（月亮）的光芒降临在谁的身上"。对译"待何人"。可见译诗把原诗的含义更直白地表达出来，也兼顾了美感。

adieu：告别。

Away, away is sailing a single cloud white：sail，（船）起航，或（物体）掠过。single，单一的，孤独的。直译为"去吧去吧，像一片孤独的白云掠过"。对译"白云一片去悠悠"。译句精美准确，且采取了叠词用法，使诗句带有了英美诗歌自然天真的特点。

wanderer：流浪者。

pin away：钉住，站住。

linger over the tower：linger，徘徊。tower，楼，塔。对译"（月）徘徊"。

dressing table：梳妆台。

She may roll curtains up, but light is in her bower：curtains，窗帘。roll up，卷起。bower，阴影。直译为"她（月光）想卷起窗帘，但光照不到她的阴影处"。对译"玉户帘中卷不去"。

译文

春天江里的潮水水位与海面平齐，随着潮水上涨明月从海面升起。
潋滟的月影随着波浪行至万里，有江水的地方必定有皎洁的月光。
江水流淌环绕着开满花的原野，月光照耀下的花朵如雪珠般晶莹。
分不清是月华还是空中的流霜，月光下汀上的白沙也看得不分明。
江面与天空水天一色没有灰尘，明亮的夜空中只有一轮孤独的月。
谁在河边第一次看月亮升起？江边月亮何时第一次照着人？
人间悲欢离合代代更迭无穷尽，只有月亮年复一年循环往复升起。
不知道今晚的月亮在等待着谁，长江的流水滚滚东逝一去不复返。

离人仿佛一朵白云悠然飘远了，只留下思妇在离别地青枫浦忧愁。

今晚是谁家的游子在乘船漂泊，何人在明月照耀的楼上相思？

可怜的月亮在塔楼上来来回回，应该正照耀着离别之人的梳妆台。

月光照进屋任她卷帘也卷不走，照在捣衣石上任她拂也拂不掉。

此时相互望月却听不见彼此的声音，希望追逐着月光到你身边去。

不论鸿雁飞多远也飞不出月光，鱼儿下潜上跃激起水面粼粼波光。

昨晚梦见水潭边的花纷纷飘落，可惜春天都过去一半我还未回家。

江水东流即将要把春天送走了，水潭上的月亮西斜将落天要亮了。

月亮西沉躲进了水上的雾气中，碣石与潇湘相隔的距离非常遥远。

不知有多少人能借着月色回家，渐落的月亮摇荡离情洒满江边树。

张若虚

张若虚，唐代诗人。扬州（今江苏扬州）人。中宗神龙年间，以文辞驰名京都，与贺知章、张旭、包融并称"吴中四士"。《全唐诗》收录其诗二首，《春江花月夜》最负盛名，被誉为唐诗开山之作，号称"一词压两宋，孤篇盖全唐"。另一首为《代答闺梦还》。

金缕衣

无名氏

劝君莫惜金缕衣，劝君惜取少年时。
花开堪折直须折，莫待无花空折枝。

The Golden Dress

Anonymous

Love not your golden dress, I pray,

More than your youthful golden hours.

Gather sweet blossoms while you may.

And not the twig devoid of flowers!

关键词

The Golden Dress: golden, 金质的。The Golden Dress, 金质的衣服, 即"金缕衣"。

anonymous: 匿名的。

pray: 祈祷。

Gather sweet blossoms while you may: 在你可以的时候, 收集甜蜜的盛放的花朵。对译"花开堪折直须折"。在意味相当的前提下, "gather" "sweet", 这样的用词, 让译诗更有一番情味。

twig: 嫩枝。

devoid: 完全没有。

译文

劝你不要爱惜华贵的金缕衣,
劝你一定要珍惜青春少年时。
花开了能摘取时只管去摘取,
不要等到花谢折无花的树枝。

藕名嘉偶蓮出蓮房

葶具瑞氣鮮如可嘗

家珍讚

壬辰八月十有二日寫生

古晉山樵

只此

青绿

钱塘湖春行

白居易

孤山寺北贾亭西，水面初平云脚低。

几处早莺争暖树，谁家新燕啄春泥。

乱花渐欲迷人眼，浅草才能没马蹄。

最爱湖东行不足，绿杨阴里白沙堤。

On Qiantang Lake in Spring

Bai Juyi

West of Jia Pavilion and north of Lonely Hill,

Water brims level with the bank and clouds hang low.

Disputing for sunny trees, early orioles trill,

Pecking vernal mud in, young swallows come and go.

A riot of blooms begins to dazzle the eye,

Amid short grass the horse hoofs can barely be seen.

I love best the east of the lake under the sky;

The bank paved with white sand is shaded by willows green.

关键词

West of Jia Pavilion: pavilion，亭，阁。Jia Pavilion，"贾亭"，即贾公亭。唐贞元中，贾全出任杭州刺史，于钱塘潮建亭，人称"贾亭"或"贾公亭"。贾亭的西边，即"贾亭西"。

Water brims level with the bank: water level，水位线。brim，边缘。bank，岸。对译"水面初平"。

vernal mud: vernal，春季的。vernal mud，即春泥。

begin to dazzle the eye: dazzle，使……目眩眼花。对译"渐欲迷人眼"。

hill 和 trill，low 和 go，eye 和 sky，seen 和 green：在音韵上，是非常精巧、活泼的隔句押韵；在构词形式上，单词长短、元音音节字母等都兼顾了相同和相似。译诗简洁生动，既传递了原诗的意境，也体现了英语的特色。

译文

绕过孤山寺以北漫步贾公亭以西，湖水初涨与岸平齐，白云垂得很低。几只早出的黄莺争栖向阳的暖树，谁家新飞来的燕子忙着衔泥筑巢。野花竞相开放真让人眼花缭乱，春草浅浅高度刚刚没过马蹄。最喜爱湖东美景，真令人流连忘返，杨柳成排，绿荫中穿过一条白沙堤。

忆江南

白居易

江南好，风景旧曾谙。
日出江花红胜火，春来江水绿如蓝。
能不忆江南？

Fair South Recalled

Bai Juyi

Fair Southern shore
With scenes I much adore,
At sunrise riverside flowers more red than fire,
In spring green river waves grow as blue as sapphire.
Which I can't but admire.

关键词

Fair South Recalled：fair，晴朗的，美好的。recalled，记起，回忆。对译"忆江南"。

shore：岸边。

With scenes I much adore：scene，风景。adore，崇拜，爱慕。直译为"那里的景色我尤其爱慕"，对译"风景旧曾谙"。原诗"旧曾谙"意指"旧时熟悉"，译诗深化为"尤其爱慕"，直抒诗人胸臆，点明内心情感偏好。

waves grow：波涛涌动。

sapphire：天蓝色。

译文

江南是一个好地方，如画的风景久已熟悉。日出时江边的花红得胜过火焰，春天里江水绿得好似蓝草。怎叫人不思念江南呢？

暮江吟
白居易

一道残阳铺水中，半江瑟瑟半江红。
可怜九月初三夜，露似真珠月似弓。

Sunset and Moonrise on the River
Bai Juyi

The departing sunbeams pave a way on the river;
Half of its waves turn red and the other half shiver.
How I love the third night of the ninth moon aglow!
The dewdrops look like pearls, the crescent like a bow.

关键词

Sunset and Moonrise on the River: sunset，日落；moonrise，月升。直译为"江上的日落和月升"，对译"暮江吟"，更形象而有动感。

departing sunbeams: departing，离别的。Sunbeams，阳光。古时夕阳时分，是离别之时。因此, departing sunbeams，即"残阳"。

pave: 铺。

wave: 波浪。

shiver: 原意"颤抖"，暗合原诗中"瑟瑟"，即秋风萧瑟的样子。而"瑟瑟"，除秋风吹皱水波颤抖的样子，也有"碧绿"之义。译诗只取其一。

dewdrop: 露珠。

pearl: 珍珠。

crescent: 新月，月牙。

译文

一道残阳渐沉江中，半江碧绿半江艳红。最可爱的是那九月初三的月夜，露水似珍珠，月牙儿如弯弓。

大林寺桃花
白居易

人间四月芳菲尽，山寺桃花始盛开。
长恨春归无觅处，不知转入此中来。

Peach Blossoms in the Temple of Great Forest
Bai Juyi

All flowers in late spring have fallen far and wide,
But peach blossoms are full-blown on this mountainside.
I oft regret spring's gone without leaving its trace;
I do not know it's come up to adorn this place.

关键词

peach blossom：桃花。

trace：痕迹。

I do not know it's come up to adorn this place：come up to adorn，装扮，打扮。直译为"我不知道（桃花）在这里打扮起来了"。对译"不知转入此中来"。译诗在原诗之外，添加拟人写法，稀释了原诗中白居易被贬为江州司马的淡淡幽怨，转译出一层活泼生动的情味。

wide 和 mountainside，trace 和 place：这首英文诗是 AABB 型的尾韵，隔句押韵，发音干脆清亮，读起来朗朗上口。

译文

四月世间百花凋零殆尽，高山古寺中桃花却刚盛开。

我常因春尽无处寻而遗憾，殊不知它已经转到这儿来了。

感 遇
陈子昂

兰若生春夏，芊蔚何青青！
幽独空林色，朱蕤冒紫茎。
迟迟白日晚，袅袅秋风生。
岁华尽摇落，芳意竟何成？

The Orchid
Chen Zi'ang

In late spring grows the orchid good,
How luxuriant are its leaves green!
Alone it adorns empty wood.
With red blooms and violet stems lean.
Slowly, slowly shortens the day;

Rippling, rippling blows autumn breeze.

By the year's end it fades away.

What has become of it fragrance, please?

关键词

orchid：兰花。

luxuriant：茂盛的。

With red blooms and violet stems lean：violet，紫色的。stems，根茎。lean，倾斜而出。red blooms，红花。对译"朱蕤冒紫茎"。

Slowly, slowly 和 Rippling, rippling：对译"迟迟"和"裒裒"。英译诗呼应了原诗叠词的效果，音韵上更加悦耳。

译文

兰和杜若生于春夏，花叶茂密何等繁盛。

独开幽林中空绝群芳，红花从紫色茎上冒出。

渐渐入秋白昼变短暂，秋风萧瑟绵长不绝。

今年的花草即将落尽，芬芳却始终不被欣赏。

访戴天山道士不遇
李白

犬吠水声中，桃花带露浓。
树深时见鹿，溪午不闻钟。
野竹分青霭，飞泉挂碧峰。
无人知所去，愁倚两三松。

Calling on a Taoist Recluse in Daitian Mountain without Meeting Him
Li Bai

Dogs' barks are muffled by the rippling brook,
Peach blossoms tinged with dew much redder look.
In the thick woods a deer is seen at times,
Along the stream I hear no noonday chimes.

In the blue haze which wild bamboos divide,

Tumbling cascades hang on green mountainside.

Where is the Taoist gone? None can tell me,

Saddened, I lean on this or that pine tree.

关键词

thick wood：深林，对译"树深"。前文还出现过"empty wood"，即"空林"。

at times：有时，间或。对译"时见"。

cascade：小瀑布，即"飞泉"。

Saddened, I lean on this or that pine tree：对译"愁倚两三松"。this or that pine tree，直译为"这棵或那棵松树"，对译"两三松"。译文把诗人寻道士不遇、百无聊赖的神态描摹得更加生动、直白了。

译文

隐约犬吠夹杂在流水声中，桃花繁盛挂满了露珠，树林深处野鹿时隐时现，正午溪边听不见山寺的钟声。参天野竹划破青色云雾，瀑布飞流悬于碧绿山峰。没有人知道道士的去向，我只好倚靠着几棵松树发愁。

自 遣

李白

对酒不觉暝，落花盈我衣。

醉起步溪月，鸟还人亦稀。

Solitude

Li Bai

I'm drunk with wine

And with moonshine,

With flowers fallen o' er the ground

And o' er me the blue-gowned.

Sobered,I stroll along the stream

Whose ripples gleam,

I see no bird

And hear no word.

关键词

solitude：独居。对译诗题"自遣"。自遣，本义是"自我娱乐，自我排遣"。译诗采取了"创译法"，把"自遣"一词的中华传统意蕴表达出来。自遣，多是文人雅士寂寞无奈时的情感抒发。

I'm drunk with wine and with moonshine：直译为"我伴着月光喝醉了"。对译"对酒不觉暝"。巧用了"正说反译"法。原唐诗的表达更含蓄，意为喝酒喝得不觉天色已暗。译诗强调"我在月光下喝醉"，月光朦胧，怡然自得，不觉已晚，情感基调和原诗是相合的，兼顾了"意美"。

blue-gowned：蓝色的长袍。

sober：冷静的。对译"醉起"。

stroll along：stroll，散步。stroll along，信步走去。

ripple gleam：ripple，扩散。gleam，微光。

译文

与友对饮不知不觉已暮色沉沉，片片落花洒满了我的衣衫，醉意阑珊漫步于月下的溪边。鸟儿都归林了，路上行人也稀少。

早发白帝城

李白

朝辞白帝彩云间，千里江陵一日还。

两岸猿声啼不住，轻舟已过万重山。

Leaving the White Emperor Town at Dawn

Li Bai

Leaving at dawn the White Emperor crowned with cloud;

I've sailed a thousand miles through canyons in a day.

With monkeys' sad adieus the riverbanks are loud;

My skiff has left ten thousand mountains far away.

关键词

White Emperor Town：白帝城。

dawn：黎明。

a thousand miles 和 in a day："千里"和"一日"译成"a thousand miles"和"in a day"采用了直译策略，"千"和"一"，形成了鲜明对比，凸显了诗人遇赦之后的愉悦心情。

the riverbanks 和 ten thousand：对译"两岸"和"万重"，采用了意译策略，增强了诗句的韵律与节奏。

cloud 和 loud，day 和 away：ABAB 型的隔句押韵，兼顾了单词长短、元音音节字母等构词形式的工整，传达了原诗明快、阳光的清新之感。

adieus：再会。译诗创造性地将"猿声"理解为"再会""告别"。

skiff：小船，即"轻舟"。

译文

早晨我辞别雾气中如在彩云间的白帝城，相隔千里的江陵一日便可到达。

两岸猿猴的啼声回荡山间不绝于耳，轻快的小船已驶过千万重连绵群山。

望天门山
李白

天门中断楚江开，碧水东流至此回。
两岸青山相对出，孤帆一片日边来。

Mount Heaven's Gate Viewed from Afar
Li Bai

Breaking Mount Heaven's Gate, the great River rolls through;
Green billows eastward flow and here turn to the north.
From both sides of the River thrust out the cliffs blue;
Leaving the sun behind, a lonely sail comes forth.

关键词

Heaven's Gate：直译为"天堂之门"，用"天门"这一地名，借用了英国文化的概念，也是一种"深化"或者"移化"的翻译技巧。

roll through：roll，（浪花）翻滚。through，穿过。即楚江水滚滚而过。

Green billows：billows，波涛，尤指巨浪。对译"碧水"。原诗"碧水东流至此回"，特指两山夹峙，浩阔的长江流经狭窄通道时，激起回旋，形成波涛汹涌的奇观。

green billows 和 cliffs blue：cliffs，悬崖。green billows 和 cliffs blue，对译"碧水"和"青山"。在古汉语中，"碧"和"青"所指的色相并不绝对，既可指绿色，也可指蓝色。译诗化用了这一特点，将"碧"和"青"分别译为"green"和"blue"，十分巧妙。

译文

长江犹如巨斧劈开天门雄峰，碧绿的江水东流至此回旋。两岸青山对峙，美景难分高下，只见一叶孤舟从天边驶来。

独坐敬亭山
李白

众鸟高飞尽，孤云独去闲。
相看两不厌，只有敬亭山。

Sitting Alone in Face of Peak Jingting
Li Bai

All birds have flown away, so high;
A lonely cloud drifts on, so free.
Gazing on Mount Jingting, nor I
Am tired of him, nor he of me.

关键词

Sitting Alone in Face of Peak Jingting：peak，山峰。直译为"独坐在敬亭山峰的对面"。对译"独坐敬亭山"。英译表意更完整。

All，A 和 Am：对译三句诗中的开头"众""孤"和"只"，以字母"a"开头的短音节单词翻译，不仅"形美"，还把诗人"独坐敬亭山"的寂寞意境表达得淋漓尽致。

so high 和 so free：句式精短工整，强调了原诗中的"高"和"闲"，刻画了高远的意境。

nor I...of him 和 nor he of me：除了运用相同的句式，形式上更精美外，从 I 到 him，再到 he 和 me，还运用了顶真的手法，实现了诗歌意境中物我两空的寂寥和天人合一的和谐。

译文

一群飞鸟消失于天际，寂寞孤云独游多悠闲。彼此之间看不厌的，只有这壮美的敬亭山。

望庐山瀑布
李白

日照香炉生紫烟，遥看瀑布挂前川。
飞流直下三千尺，疑是银河落九天。

The Waterfall in Mount Lu Viewed from Afar
Li Bai

The sunlit Censer Peak exhales incense-like cloud;
Like an upended stream the cataract sounds loud.
Its torrent dashes down three thousand feet from high,
As if the Silver River fell from the blue sky.

关键词

The sunlit Censer Peak：直译为"日光下的香炉峰"。对译"日照香炉"。

exhale incense-like cloud：直译为"吐出的熏香像云一样"。对译"生紫烟"。第一句译诗虽然没有语序工整，完备地译出"紫烟"等原诗意象，但已准确把握了原诗的意境精髓和神韵，增强了诗歌的画面感。

upended：倒挂。形容远望中的瀑布像"倒挂"的飞流。

As if the Silver River fell from the blue sky：fell 是 fall 的过去式，直译为"摔倒"，此处意为"落"。用虚拟语气，表达作者天马行空的想象。Silver Rive 和 blue sky，直译为"银色的河"和"蓝色的天"。对译"银河"和"九天"。有色有形，音节短促明快，意味自然贴切。译诗传神地传达出原诗"疑是银河落九天"的浪漫激荡。

译文

日光照耀下香炉山紫气氤氲，远看瀑布如白练悬挂于山前。
水流直冲而下似有三千尺高，莫非是银河从九天落于山间？

天　涯

李商隐

春日在天涯，天涯日又斜。

莺啼如有泪，为湿最高花。

The End of the Sky

Li Shangyin

Spring is far, far away,

Where the sun slants its ray.

If orioles have tear,

Wet highest flowers here!

关键词

The End of the Sky：天尽头，即"天涯"。

Spring is far，far away，Where the sun slants its ray：slant，倾斜。ray，光线。直译为"春天在很远很远的地方，在那里，太阳的光线斜照着"。对译"春日在天涯，天涯日又斜"。译诗不着天涯，处处天涯，意境全出。

译文

春天还远在天边，天边红日又西斜。

啼叫的黄莺若是有泪，请为我洒向最高的花。

乐游原
李商隐

向晚意不适，驱车登古原。
夕阳无限好，只是近黄昏。

On the Plain of Imperial Tombs
Li Shangyin

At dusk my heart is filled with gloom;

I drive my cab to ancient tomb.

The setting sun seems so sublime,

But it is near its dying time.

关键词

On the Plain of Imperial Tombs: Imperial Tombs，皇帝陵墓。Plain，平原。乐游原，在长安（今西安）城南，是唐代长安城中地势最高处，也是长安人览胜抒怀之地。曾是汉宣帝的"乐游苑"，又宣帝许后葬于此，因此也是皇家陵墓。译诗采用了"归化"的翻译策略，体现了深厚的中国传统文化功底。

At dusk：黄昏。

be filled with：充满。

gloom：忧闷。

cab：驾驶室，马拉车。

sublime：崇高的。

But it is near its dying time：dying time，临终的。直译为"但是它已接近自己临终的时间"。对译"只是近黄昏"。译诗把原诗的意蕴深化了，"黄昏"不是单纯的一天中的某个时间，而是指一天即将结束，夕阳终究落山。

译文

傍晚时心情不快，驾着车登上古原。

夕阳啊无限美好，只不过已是黄昏。

辛夷坞

王维

木末芙蓉花，山中发红萼。
涧户寂无人，纷纷开且落。

The Magnolia Dale

Wang Wei

The magnolia-tipped trees,

In mountains burst in flowers.

The mute brook-side house sees,

Them blow and fall in showers.

关键词

magnolia：木兰花，玉兰花，即诗中所指的"辛夷""芙蓉"。

tipped：倾斜的。

mute：沉默的。

The mute brook-side house sees, Them blow and fall in showers：brook-side，溪边。brook-side house，对译"涧户"，精准简约。in shower，沐浴，淋雨。此处为传达原诗"纷纷开且落"的意境，将其意译为"花之雨"。直译为"寂寞的溪边人家若看到，风起吹落一片花雨"。对译"涧户寂无人，纷纷开且落"。译者通过"妙悟"，独具匠心地运用了无人却能"看"的动态笔触。"以物观物""心凝神释，与万物冥合"的物我两忘境界，正与佛家所追求的"禅定"境界达到了天然的默契。

trees 和 sees，flowers 和 showers：ABAB 式押尾韵，选词精到，韵脚工整，错落有致，朗朗上口。

译文

枝条最顶端的芙蓉花，在山中绽放红色花瓣。

这山涧之中空无一人，花儿纷纷开放又凋落。

竹里馆

王维

独坐幽篁里，弹琴复长啸。
深林人不知，明月来相照。

The Bamboo Hut

Wang Wei

Sitting among bamboos alone,
I play on lute and croon carefree.
In the deep woods where I'm unknown,
Only the bright moon peeps at me.

关键词

hut：简陋的小房子，对译"馆"。

bamboos：竹子。对译"幽篁"，即幽深又茂密的竹林。

lute：诗琴，琵琶。

croon：低声哼唱。

carefree：无忧无虑地。

Only the bright moon peeps at me：peep at，偷看。对译"明月来相照"。用"peep"描述月照，比原诗的拟人化程度更高。但月亮只是远远地窥视，显得"我"更加孤寂。而结合前文的"croon carefree"，又显得"我"其实怡然自得，月亮的窥视似有一丝俏皮。所以，此处有"创译"。

译文

独自坐在幽深竹林中，时而弹琴时而又高呼。这幽深竹林不为人知，唯有明月与我相伴。

终南山
王维

太乙近天都，连山接海隅。
白云回望合，青霭入看无。
分野中峰变，阴晴众壑殊。
欲投人处宿，隔水问樵夫。

Mount Eternal South
Wang Wei

The highest peak scrapes the sky blue; it extends from hills to the sea.

When I look back, clouds shut the view; when I come near, no mist I see.

Peaks vary in north and south side; vales differ in sunshine or shade.

Seeking a lodge where to abide, I ask a woodman when I wade.

关键词

The highest peak：最高峰。Peak，山峰。"太乙山"即"终南山"。原诗主要强调太乙山之高，英诗直接以"最高峰"冠指，是比较明显的一处浅译。

scrape：刮，擦。对译"近"，极言山峰之高，快要擦到蓝天。

When I look back, clouds shut the view; when I come near, no mist I see：直译为"当我回首往事，乌云遮住了视线；当我走近时，我看不到雾气"。对译"白云回望合，青霭入看无"。译诗不仅精准，而且别有意境，做到了"信达雅"。

Peaks vary in north and south side：vary，变化。直译为"山峰以南北为界发生变化"。对译"分野中峰变"。即中峰南北，属于不同的分野。

vales differ in sunshine or shade：vale，山谷。differ in，在某方面不同。直译为"山谷因为太阳的照耀和阴影而不同"。对译"阴晴众壑殊"。

译文

巍峨的太乙山临近长安，群山连绵一直蜿蜒到海边。回头看白云聚合山峰间，走进青雾中反而不见雾。主峰把终南山东西分隔，各山山谷阴晴各异。想在山中找户人家借宿，隔山涧问樵夫是否方便。

山居秋暝
王维

空山新雨后，天气晚来秋。

明月松间照，清泉石上流。

竹喧归浣女，莲动下渔舟。

随意春芳歇，王孙自可留。

Autumn Evening in the Mountains
Wang Wei

After fresh rain in mountains bare.

Autumn permeates evening air.

Among pine trees bright moonbeams peer;

Over crystal stones flows water clear.

Bamboos whisper of washer-maids;

Lotus stirs when fishing boat wades.

Though fragrant spring may pass away,

Still here's the place for you to stay.

关键词

bare: 光秃秃的。

Autumn permeates evening air: permeate, 渗透，弥漫。对译"天气晚来秋"。描绘出秋意在山林间弥漫，诗情画意，精妙典雅。

moonbeam: 月光。

Among pine trees bright moonbeams peer: peer, 隐现。对译"明月松间照"。"peer"不仅与下文的"clear"押韵，也恰到好处地表现了月洒松林的独特意境。

crystal stones: 水晶石。对比原诗的"清泉石上流"，增译了"水晶"的质感，更强调月光照耀下，山泉晶莹剔透。

lotus: 莲花。

Bamboos whisper: whisper, 口哨。对译"竹喧"。更添俏皮。

Though fragrant spring may pass away, still here's the place for you to stay: 对译"随意春芳歇，王孙自可留"。fragrant spring, 芳香的春天，对译"春芳"。将"王孙"译为"you"，是浅化，也是泛指。拉近了读者的心理距离，尽管春天已经远去，我们仍可以留在山间，享受美好的田园生活。

译文

空旷的群山沐浴了一场新雨，夜晚降临使人感到已是初秋。

　　明月从松树缝隙间洒下清光，清清泉水在山石上涓涓流淌。

　　竹林喧闹知是洗衣姑娘归来，莲叶轻摇想是上游荡下轻舟。

　　不如任由春日的花朵凋零吧，王孙公子自可在这山中久留。

兰溪棹歌
戴叔伦

凉月如眉挂柳湾，越中山色镜中看。
兰溪三日桃花雨，半夜鲤鱼来上滩。

A Fisherman's Song on the Orchid Stream
Dai Shulun

The eyebrow-like cool moon hangs over Willow Bay,
The southern mountains seem in the mirror to sway.
Three days rain's fallen with peach petals on the stream;
At midnight on the beach leap the fish, carp and bream.

关键词

A Fisherman's Song on the Orchid Stream：Fisherman's Song，渔夫之歌，即渔歌，棹歌。Orchid，兰花。Orchid Stream，兰溪。对译诗题"兰溪棹歌"，信且雅。

The southern mountains：浅化"越中山"（即江浙一带的山）为"The southern mountains"，南方的山。减少了因中西文化差异而造成的阅读障碍，也维持了译诗和原诗同样清秀、明净的美感。

peach petals：桃花瓣。

carp and bream：鲤鱼和鳊鱼。为了和上一句的"stream"押韵，补用了"bream"一词。

译文

秋月好似弯弯的眉毛挂在柳树湾，越中山景倒映在水平如镜的溪面上，煞是好看。兰溪下了三天夹着桃花瓣的春雨，到了半夜鲤鱼纷纷涌上溪头浅滩。

戴叔伦

戴叔伦,唐代诗人,字幼公,一作次公,润州金坛(今江苏常州市金坛区)人。贞元年间进士,曾任东阳令、抚州刺史、容管经略使等职。他诗名远播,其诗题材广泛,体裁多样,多表现隐逸生活,情旨余旷。《全唐诗》收录其诗二卷。

春山夜月

于良史

春山多胜事，赏玩夜忘归。

掬水月在手，弄花香满衣。

兴来无远近，欲去惜芳菲。

南望鸣钟处，楼台深翠微。

The Vernal Hill in Moonlit Night

Yu Liangshi

How much delight in vernal hill?

Don't go back but enjoy your fill!

Drinking water, you drink moonbeams;

Plucking flowers, you pluck sweet dreams.

Happy, you would forget the hours;

About to go, you can't leave flowers.

Looking south where you hear the bell,

You' ll find green bowers in green dell.

关键词

How much delight in vernal hill: delight, 高兴, 快乐, 即 "胜事"。vernal, 春季的。in vernal hill, 春天的大山, 即 "春山"。全句直译为 "春山里有多少快乐呢", 对译 "春山多胜事"。

Drinking water, you drink moonbeams; Plucking flowers, you pluck sweet dreams: 喝水吧, 你喝下了月光; 摘花吧, 你摘下了甜蜜的梦。对译 "掬水月在手, 弄花香满衣"。译诗的意境较原诗是浅白不足的。这也源于译诗从英美文化的角度, 希望达到自身的韵律和审美的和谐。drink 和 pluck, moonbeams 和 dreams, 音韵工整; 而喝水、摘花、甜蜜的梦, 这些遣词造句又仿佛从《莎士比亚十四行诗》中走来。

译文

春日山中有许多欢乐好玩的事, 人们赏花游玩到夜晚忘了回家。掬一捧泉水让月亮倒映在手中, 侍弄花朵让馥郁之气沾满衣衫。游兴起了便不会在乎路途远近, 想要离去却因怜惜花草而不舍。翘首南望看向钟声响起的地方, 楼台镶嵌在一片青翠山色深处。

于良史

　　于良史，唐代诗人。唐玄宗天宝十五年前后在世，曾任侍御史、监察御史。其诗多写景，清丽雅致，尤其五言绝句流传最广。《全唐诗》存其诗七首。

春雪

韩愈

新年都未有芳华，二月初惊见草芽。
白雪却嫌春色晚，故穿庭树作飞花。

Spring Snow

Han Yu

On vernal day no flowers were in bloom, alas!
In second moon I'm glad to see the budding grass.
But white snow dislikes the late coming vernal breeze,
It plays the parting flowers flying through the trees.

关键词

on vernal day：春日，对译"新年"，诗中"新年"指农历正月初一，正值立春，"vernal day"是取"新春"之意，流露出一种历经寒冬后对春色的殷切期盼。

in second moon：对译"二月"，moon，月亮。中国农历以月亮的圆缺来定义每月的起止，月亮也是诗人常用的抒发情感之意象，是美的象征，译诗不仅体现了传统文化和习俗，更增添意境美。

alas 和 grass，breeze 和 trees：AABB 式尾韵押韵。节奏轻快，音韵爽脆，诠释了"意美、音美、形美"的译诗"三美"。

译文

新年的时候都没有花儿盛开，二月初惊喜地出现了小草芽。
连白雪也嫌春天来得太晚了，故意化作飞在庭院树间的花。

韩 愈

　　韩愈，字退之，唐代文学家、哲学家、思想家，中唐古文运动的领袖，河阳（今河南省焦作孟州市）人。祖籍河北昌黎，世称"韩昌黎"。贞元八年进士及第，曾任吏部侍郎，又称"韩吏部"。长庆四年去世，谥号"文"，又称"韩文公"。他与柳宗元同为唐代古文运动的倡导者，明人推他为唐宋八大家之首。世人所称"韩柳"便是他们二人，其诗喜用险韵、奇字、古句、方言，有作品集《昌黎先生集》，《全唐诗》收录其诗十卷。

晚 春
韩愈

草树知春不久归，百般红紫斗芳菲。
杨花榆荚无才思，惟解漫天作雪飞。

Late Spring
Han Yu

The trees and grass know that soon spring will go away;
Of red blooms and green leaves they make gorgeous display.
But willow catkins and elm pods are so unwise,
They wish to be flying snow darkening the skies.

关键词

make gorgeous display: gorgeous，华丽。直译为"展现它们的华丽"，对译"斗芳菲"。

willow catkin: 柳絮，即柳树的种子。杨花是杨树的种子。而在中国古代文化中，杨、柳通常并举，杨花和柳絮也被当作同一种事物，一起表达。

But willow catkins and elm pods are so unwise,They wish to be flying snow darkening the skies: elm pod，榆树的豆荚，即"榆英"。对译"杨花榆英无才思，惟解漫天作雪飞"。杨花、榆英虽缺乏草木的芳菲姿色，仍然憨拙地努力飞舞，想化作雪飞，抓住晚春，释放自己的能量。此处诗人以物拟人，寄寓生活。

译文

花草树木知道春日将尽，于是争奇斗艳竞相开放。杨花、榆钱没有艳丽姿色，只知漫天飞舞好似雪花。

长安秋望
杜牧

楼倚霜树外，镜天无一毫。
南山与秋色，气势两相高。

Autumn in the Capital
Du Mu

The tower overlooks frosty trees;
Speckless is the mirror-like sky.
The South Mountain and autumn breeze;
Vie to be more sublime and high.

关键词

speckless：没有瑕疵的。对译"无一毫"。

frosty：严寒的，霜冻的。

Vie to be more sublime and high: Vie to，争相。sublime，崇高。直译为"争相比较谁更崇高和高大"。对译"气势两相高"。译诗精准、完整。

译文

小楼倚立在经霜的树林外，天空似明镜没有一片云彩。

南方的山脉和秋天的美景，气势上互不相让两相争高。

绝 句
杜甫

两个黄鹂鸣翠柳，一行白鹭上青天。
窗含西岭千秋雪，门泊东吴万里船。

A Quatrain

Du Fu

Two golden orioles sing amid the willows green;

A flock of white egrets fly into the blue sky.

My window frames the snow-crowned western mountain scene;

My door off says to eastward going ships "Goodbye"!

关键词

quatrain：四行诗，即绝句。

golden oriole：oriole，黄鹂。golden oriole，金黄鹂。映衬翠柳、白鹭等，色彩明丽。

A flock of：一队，一列。

egret：白鹭。

My window frames the snow-crowned western mountain scene：frame，给……做框。snow-crowned，白雪为冠的，积雪覆盖的。直译为"我的窗户好像给积雪覆盖的西山美景镶上了画框"。对译"窗含西岭千秋雪"。

My door off says to eastward going ships "Goodbye!"：我的屋门对着东去的船只说"再见"。对译"门泊东吴万里船"。可见，此联译诗意象完整，逻辑顺畅，意境全出，当属翻译金句。

译文

两只黄鹂在翠绿的柳树上唱着歌，
一群白鹭排成行展翅向蓝天飞去。
窗户给千年积雪的西岭山镶了框，
门前停泊着从东吴远道而来的船。

江 村
杜甫

清江一曲抱村流，长夏江村事事幽。
自去自来梁上燕，相亲相近水中鸥。
老妻画纸为棋局，稚子敲针作钓钩。
多病所须唯药物，微躯此外更何求？

The Riverside Village
Du Fu

See the clear river wind by the village and flow!
We pass the long summer by riverside with ease.
The swallows freely come in and freely out go.
The gulls on water snuggle each other as they please.
My wife draws lines on paper to make a chessboard;

My son bends a needle into a fishing hook.

Ill, I need only medicine I can afford.

What else do I want for myself in my humble nook?

关键词

freely come in and freely out go：自由地进来，自由地出去。对译"自去自来"。语意精准，节奏和谐。

Ill, I need only medicine I can afford：afford，承担。该诗的尾联上句，有两种版本。一种是"多病所须唯药物"；另一种是"但有故人供禄米"。第一种意为年老多病之身，所需的只有药物。第二种意为只要有老朋友给予的一些钱米。显然，译者采用了第一种版本。

What else do I want for myself in my humble nook：what else，还有什么别的。humble，卑微的，谦卑的。nook，小角落。全句直译为"我这谦卑的小角落，哪里还有什么别的需求"。对译"微躯此外更何求"。言语看似庆幸满足，实则饱含心酸。

译文

清澈的江水曲折地绕村流过，漫长夏日村中一切都很幽静。那梁上的燕子纷纷自由来去，水面上的白鸥相互依偎着。妻子正在纸上画着一张棋盘，小儿正敲打着针做一只鱼钩。我这卑微之躯所需的只有药物，此外还要求什么呢？

城东早春
杨巨源

诗家清景在新春，绿柳才黄半未匀。
若待上林花似锦，出门俱是看花人。

Early Spring East of the Capital
Yang Juyuan

The early spring presents to poets a fresh scene:
The willow twigs half yellow and half tender green.
When the Royal Garden's covered with blooming flowers,
Then it would be the visitors' busiest hours.

关键词

early spring, a fresh scene 和 twigs：早春，新鲜的景观和嫩枝。对译"新春""清景""绿柳"。无一不表现出早春的清新、柔嫩、可爱。

half yellow and half tender green：一半黄，一半嫩绿。对译"才黄半未匀"。译诗传神地写出柳叶初生的样子，淡而有味。

Royal Garden：皇家园林。即"上林"。原诗中，"上林"并不实指秦汉时代的宫廷园林，而是代指京城长安。所以，译为"Royal Garden"，避重就轻，反而精准。

busiest hours：最忙的时光。直译为"这将是游人最忙的时光"。与"出门俱是看花人"异曲同工，别有兴味。

译文

诗人喜爱是初春的清新景色，绿柳嫩叶初萌，颜色还不均匀。如果等到林间繁花似锦之时，出门便看见到处是赏花之人。

杨巨源

　　杨巨源，字景山，后改名为巨济。河中治所（今山西永济）人。唐贞元五年进士。曾任太常博士、虞部员外郎、国子司业等职。其诗格律工整，风格清新，又寓有理趣，代表作品《城东早春》。《全唐诗》收录其诗一卷。

春 晓
孟浩然

春眠不觉晓，处处闻啼鸟。
夜来风雨声，花落知多少。

A Spring Morning
Meng Haoran

This spring morning in bed I'm lying,
Not to awake till birds are crying.
After one night of wind and showers,
How many are the fallen flowers!

关键词

in bed I'm lying：我正在床上躺着。比较原诗"春眠不觉晓"，贴切地表达出诗人慵懒舒适的感受。

Not to awake till birds are crying：如果不是被鸟儿的叫声唤醒。译诗增译了"Not to awake till"，承上启下，丰富了诗歌意境。

wind and showers：风雨交加。

fallen flowers：落花。

lying 和 crying, showers 和 flowers：译诗四行长短基本一致，简洁明快，AABB 式押尾韵，无论形美，还是音美，都与原诗做到了神似。

译文

春夜酣睡天亮了也不知道，醒来听见到处有鸟儿的啼声。

昨天夜里一阵阵风雨声，吹落了多少春天的花啊！

晚泊浔阳望庐山
孟浩然

挂席几千里，名山都未逢。
泊舟浔阳郭，始见香炉峰。
尝读远公传，永怀尘外踪。
东林精舍近，日暮空闻钟。

Mount Lu Viewed from Xunyang at Dusk
Meng Haoran

For miles and miles I sail and float; high famed mountains are hard to seek.

By riverside I moor my boat, then I perceive the Censer Peak.

Knowing the hermit's life and way. I love his solitary dell.

His hermitage not far away, I hear at sunset but the bell.

关键词

at dusk：在夜晚。

sail and float：sail，帆船航行。float，漂流。即"挂席"。

perceive：感知，觉察。

hermit, hermitage：hermit，隐士。对译"远公"，即东晋慧远法师。hermitage，隐士的生活。对译"东林精舍"，也即庐山附近东林寺的僧人居所。译诗没有采取原诗用典的手法，而是"浅化"为隐士、隐士生活，化繁为简，意蕴主旨并没有缺失。

solitary dell：独居的山谷。对译"尘外踪"。而 solitary 同时有"隐士"之义，意味无穷。

I hear at sunset but the bell：在落日里，除了钟声我什么都没有听到。对译"日暮空闻钟"。诗人的怀念、惆怅，诗味的清远、神秘，译诗于简素中传达了原诗的风神。

译文

扬帆航行几千里，未遇到一座名山。停泊在浔阳城外，才看到了香炉峰。我曾读过远公小传，常怀念世外生活。不远处是他的隐居地，傍晚我只听到了钟声。

巫山曲
孟郊

巴江上峡重复重，阳台碧峭十二峰。

荆王猎时逢暮雨，夜卧高丘梦神女。

轻红流烟湿艳姿，行云飞去明星稀。

目极魂断望不见，猿啼三声泪滴衣。

Song of the Mountain Goddess
Meng Jiao

Going upstream, I see mountain on mountain high;

The twelve green peaks with Sunny Terrace scrape the sky.

The king in hunting caught by sudden evening shower

Slept there and dreamed of the Goddess in Sunny Bower.

To her charm added the mist-veiled rainbow dress bright;

Away she flew with faded stars and clouds in flight.

However far I stretch my eyes, she can't be found;

Hearing the monkey's wail, in longing tears I'm drowned.

关键词

upstream：上游，逆流。即"巴江上峡"。

the Goddess in Sunny Bower：Goddess，女神。Bower，既有树荫之义，又有闺房之义。而原诗"高丘"既是高山，也指神女的居所。译诗也选用了"双关"词，表达诗人对神女的向往。

To her charm added the mist-veiled rainbow dress bright; Away she flew with faded stars and clouds in flight：对译"轻红流烟湿艳姿，行云飞去明星稀"。为了表现神女的迷离神秘（charm）和行云飘飞的身姿（in flight），译诗采用 mist-veiled rainbow（薄雾笼罩的彩虹），dress bright（衣着光鲜），faded stars and clouds（逐渐暗淡的星云），这些意象和原诗虽不完全对应，但奇幻幽艳、若明若晦的意蕴无穷，近乎完美。

译文

巴东江上山峦一重又一重，阳台山边十二峰碧绿陡峭。

荆王射猎正逢黄昏时下雨，晚上睡在山上梦见了神女。

彩霞微雨打湿艳美的风姿，神女化云飞明星都暗淡了。

极目远望也看不见神女了，猿猴的啼叫让人不禁流泪。

望洞庭
刘禹锡

湖光秋月两相和，潭面无风镜未磨。
遥望洞庭山水翠，白银盘里一青螺。

Lake Dongting Viewed from Afar
Liu Yuxi

The autumn moon dissolves in soft light of the lake,
Unruffled surface like an unpolished mirror bright.
Afar, the isle amid water clear without a break
Looks like a spiral shell in a plate silver-white.

关键词

Lake Dongting Viewed from Afar: view，观望。afar，在远处。即远望洞庭湖。

The autumn moon dissolves in soft light of the lake: dissolve，渐渐溶解。直译为"秋天的月亮渐渐融于湖面的柔光里"。对译"湖光秋月两相和"。译诗委婉自然，创设了秋夜湖景的优美意境。

unruffled：平静的。

unpolished：未磨光的。

Afar, the isle amid water clear without a break: afar，在远处。without a break，毫不间断的。直译为"远远望去，湖水中的小岛一片清朗"。在这里，"湖水中的小岛"指洞庭湖中的小岛君山，它与洞庭湖水一起，构成了"洞庭山水翠"。

spiral shell：螺贝。

译文

洞庭湖水光与月色相互映衬，湖面无风如同未磨损的镜面。

远远看着洞庭湖的苍山绿水，好像白色银盘中有一枚青螺。

秋 词
刘禹锡

自古逢秋悲寂寥，我言秋日胜春朝。
晴空一鹤排云上，便引诗情到碧霄。

Song of Autumn
Liu Yuxi

Since olden days we feel in autumn sad and drear,
But I say spring cannot compete with autumn clear.
On a fine day a crane cleaves the clouds and soars high;
It leads the poet's lofty mind to azure sky.

关键词

olden days：昔日。对译"自古"。

sad and drear：凄凉，忧伤。对译"寂寥"。

I say spring cannot compete with autumn clear：compete with，竞争。直译为"我说春季比不上秋日的清爽"。对译"我言秋日胜春朝"。春不如秋，抑或秋日胜春朝，意义相同。译诗补译了"clear"，深化了全诗赞赏秋日之美的主旨，美在秋高气爽，美在诗人高扬的气概和高尚的情操。

On a fine day a crane cleaves the clouds and soars high：crane，鹤。cleave，劈开。soar，翱翔。直译为"在晴日里，一只鹤劈开云层，高高翱翔"。

lofty：崇高的。

azure：蔚蓝色的。

译文

自古以来人们每逢秋天都觉得凄凉，而我却认为秋天要胜过春天。万里晴空中一只白鹤凌云而起，便让我诗兴大发。

寻隐者不遇
贾岛

松下问童子，言师采药去。
只在此山中，云深不知处。

For an Absent Recluse
Jia Dao

I ask your lad beneath a pine.
"My master has gone for herbs fine.
He stays deep in the mountain proud,
I know not where, veiled by the cloud."

关键词

absent : 缺席的。

recluse : 隐士。

lad：少年，即"童子"。

herbs：草药。

veiled by the cloud：veil，面纱，薄薄地遮掩。即被云层遮掩。

译文

我问松树下的童子他师傅去哪了，他说师傅上山采草药去了。师傅就在这山林之中，只是云海茫茫不知人究竟在何处。

贾 岛

贾岛，唐代诗人。字阆仙，一作浪仙，自号"碣石山人"。曾为僧人，法号无本，后还俗，多次参加科举，屡试不中。曾为遂州长江县主簿，故又称"贾长江"，其诗多枯寂之境、寒苦之辞，齐名孟郊，二人并称"郊寒岛瘦"。撰有《长江集》。

杳杳寒山道
寒山

杳杳寒山道，落落冷涧滨。
啾啾常有鸟，寂寂更无人。
淅淅风吹面，纷纷雪积身。
朝朝不见日，岁岁不知春。

Long, Long the Pathway to Cold Hill
Han Shan

Long, long the pathway to Cold Hill;
Drear, drear the waterside so chill.
Chirp, chirp, I often hear the bird;
Mute, mute, nobody says a word.
Gust by gust winds caress my face;

Flake on flake snow covers all trace.

From day to day the sun won't swing;

From year to year I know no spring.

关键词

long, long; drear, drear; chirp, chirp; mute, mute: drear, 阴沉的。mute, 无声的。对译"杳杳""落落""啾啾""寂寂"。译诗兼顾了原诗叠词的原意，更有英诗独有的音韵清爽、错落之美。

gust by gust winds; Flake on flake snow; From day to day; From year to year: gust winds, 狂风。flake snow, 雪花。From day to day, 日复一日。From year to year, 年复一年。虽然不能完全对译"淅淅""纷纷""朝朝""岁岁"，但英诗以两组短语结构，传达了原诗明浅如话，有如乐府民歌的风味。

hill 和 chill, bird 和 word, face 和 trace, swing 和 spring: chill, 寒冷的。trace, 足迹。swing, 摇摆。译诗采用 AABBCCDD 式押尾韵，很好地回应了原诗的音乐美。即借助于音节的复沓，使人读来和谐贯串，一气盘旋。又借助于形式的工整，把本来分散的山与水、风与雪、境与情，组成有机整体，回环往复，连绵不断。

译文

通往寒山的路绵延幽深，冷寂的溪涧边一片寥落。

常有鸟儿在此啾啾鸣叫，却寂静冷清更没有人烟。

一阵阵风吹着我的脸庞，雪纷纷扬扬覆盖在身上。

在此日复一日不见阳光，年复一年不知道有春天。

寒　山

　　寒山，唐代诗僧，白话诗人，字、号不详，人称"寒山子"。传为贞观时人，一说大历时人。他出身官宦之家，但屡试不第，后来出家为僧，隐居始丰（今浙江天台）西之寒岩。其诗语言通俗，多表现山中逸趣和出世思想，存三百余首，后人辑有《寒山子诗集》三卷。

雪晴晚望
贾岛

倚杖望晴雪，溪云几万重。

樵人归白屋，寒日下危峰。

野火烧冈草，断烟生石松。

却回山寺路，闻打暮天钟。

Evening View of a Snow Scene
Jia Dao

Cane in hand, I gaze on fine snow;

Cloud on cloud spreads over the creek,

To snow-covered cots woodmen go;

The sun sets on the frowning peak.

In the wildfire burns the grass dried;

Mid rocks and pines smoke and mist rise.

Back to the temple by the hillside,

I hear bells ring in evening skies.

关键词

Evening View：晚景。

gaze on：凝视。

a Snow Scene：雪景。

spread over：蔓延。

snow-covered cots：cot，小屋，行军床。snow-covered cots，白雪覆盖的小屋，即"白屋"。

frowning peak：frowning，令人皱眉的。peak，山峰。山峰令人皱眉，因为山峰之高。此处对译"危峰"。

译文

倚着竹杖凝视着雪霁天晴，溪水之上的云朵重重叠叠。

樵夫走回白雪覆盖的屋舍，冬日西沉似从高山上落下。

野火焚烧着山坡上的野草，岩石古松间不时冒出烟雾。

我踏上返回山中寺庙的路，听见钟在薄暮中被人敲响。

登鹳雀楼
王之涣

白日依山尽，黄河入海流。
欲穷千里目，更上一层楼。

On the Stork Tower
Wang Zhihuan

The sun along the mountain bows;
The Yellow River seawards flows.
You will enjoy a grander sight;
By climbing to a greater height.

关键词

On the Stork Tower：stork，鹳。tower，楼，塔。直译为"在鹳楼上"。对译"登鹳雀楼"。

bow：点头，低头。

seaward：向海的。

a grander sight：更宏大的景观。

a greater height：更优异的高度。

译文

太阳依傍西山慢慢下落，黄河汹涌奔腾流向大海。

若想千里风光尽收眼底，就需要再登上一层高楼。

王之涣

　　王之涣，唐代著名边塞诗人，字季凌，晋阳（今山西太原）人。为人豪放不羁，曾为衡水主簿和文字尉，虽为官，但其诗多被乐工编曲传唱，用词朴实，意境深远，传世之作如今仅六首。

春夜喜雨
杜甫

好雨知时节，当春乃发生。
随风潜入夜，润物细无声。
野径云俱黑，江船火独明。
晓看红湿处，花重锦官城。

Happy Rain on a Spring Night
Du Fu

Good rain knows its time right, it will fall when comes spring.

With wind it steals in night; mute, it wets everything.

Over wild lanes dark cloud spreads; in boat a lantern looms.

Dawn sees saturated reds; the town's heavy with blooms.

关键词

steal：偷。

mute：沉默地。对译"细无声"。

Over wild lanes dark cloud spreads; in boat a lantern looms：
lane，小路。spread，展开，密布。lantern，灯笼。loom，突现。
全句直译为"野外的小路黑云密布，小船上有一盏灯笼突兀地亮着"。
对译"野径云俱黑，江船火独明"。

dawn：黎明。

saturated：浸泡。

happy，know，steal 和 mute：译诗运用这些动词和形容词，
保留了原诗拟人的修辞手法，传达出春雨来得及时、滋润万物，诗
人爱怜惊喜的心情。

译文

好雨知道挑时节，正好在春天降临。
随风悄悄入夜晚，默默滋润着万物。
乌云笼罩了小路，唯有渔船灯亮着。
明早看湿透的花，成都必万紫千红。

渔 翁

柳宗元

渔翁夜傍西岩宿，晓汲清湘燃楚竹。

烟销日出不见人，欸乃一声山水绿。

回看天际下中流，岩上无心云相逐。

A Fisherman

Liu Zongyuan

Under western cliff a fisherman passes the night;

At dawn he makes bamboo fire to boil water clean.

Mist clears off at sunrise but there's no man in sight;

Only the fisherman's song turns hill and rill green.

He goes down mid-stream and turns to look on the sky.

What does he see but clouds freely wafting on high.

关键词

western cliff：cliff，悬崖。即"西岩"。

Only the fisherman's song turns hill and rill green：直译为"只有渔翁的歌声让山水变绿"。对译"欸乃一声山水绿"。欸乃，一说摇橹声，一说摇橹的歌唱之声。译诗取歌唱之义。一方面是自然景色：烟销日出，山水顿绿；一方面是渔翁的行踪：渔船离岸不见，只传来一阵渔歌。

What does he see but clouds freely wafting on high：waft，漂浮。直译为"他看到的只有高空中自由飘荡的流云"。对译"岩上无心云相逐"。译诗少了原诗流云追逐的情味，但也大体可看出陶渊明《归去来兮辞中》的"云无心而出岫"的化用之意，悠逸恬淡。

译文

晚上渔翁将船靠西山停泊，黎明时取水燃烧竹子做饭。
日出驱散晓雾四周竟无人，摇橹声从碧绿山水中传来。
转身仰望天空看江水东流，山巅白云无忧无虑相追逐。

柳宗元

柳宗元，字子厚，河东（今山西运城）人，唐宋八大家之一，唐代诗人、哲学家、儒学家、政治家，贞元九年进士，曾任监察御史，倡导了中唐古文运动。曾两次被贬，一次为永州司马，一次为柳州刺史。与韩愈并称"韩柳"，与刘禹锡并称"刘柳"，与王维、孟浩然、韦应物并称"王孟韦柳"。其文成就大于诗，有作品六百余篇，有《柳河东集》。《全唐诗》收录其诗四卷。

咏 鹅
骆宾王

鹅鹅鹅，曲项向天歌。
白毛浮绿水，红掌拨清波。

O Geese
Luo Binwang

O geese, O geese, O geese!

You crane your neck and sing to sky your song sweet.

Your white feathers float on green water with ease.

You swim through clear waters with your red-webbed feet.

关键词

O geese：直译为"哦，鹅"。类似于"O my god"。对译原诗题"咏鹅"，咏唱歌颂鹅。可以说，用"O…"这一句式，四两拨千斤，很好地将中英文语气情感做到了较为准确的联结。

with ease：轻松，毫不费力地。

译文

鹅呀鹅呀鹅呀，伸着弯曲的脖子向天高歌。雪白的羽毛浮于绿水之上，红色的脚掌拨动清清水波。

骆宾王

　　骆宾王，字观光，婺州义乌（今属浙江）人。诗文兼长，其诗格高旨远，他尤善七言，五律也有佳作。曾任长安主簿、侍御史等职，后被贬为临海丞，世称"骆临海"。他与王勃、杨炯、卢照邻齐名，为"初唐四杰"之一。曾随英国公徐敬业起兵反武则天，作《讨武曌檄》，兵败后失踪，一说被杀，一说为僧。有《骆宾王文集》十卷，《全唐诗》收录其诗三卷。

咏 蝉
骆宾王

西陆蝉声唱，南冠客思深。

不堪玄鬓影，来对白头吟。

露重飞难进，风多响易沉。

无人信高洁，谁为表予心？

The Cicada
Luo Binwang

Of autumn the cicada sings; in prison I'm worn out with care.

How can I bear its blue black wings; which remind me of my grey hair?

Heavy with dew it cannot fly; drowned in the wind, its song's not heard.

Who would believe its spirit high; could I express my grief in word?

关键词

autumn：《隋书·天文志》中，日循黄道东行。行东陆谓之春，行南陆谓之夏，行西陆谓之秋，行北陆谓之冬。译诗为避免文化差异，摒弃了"西陆"的文化背景，直译为"autumn"，即秋天。

in prison I'm worn out with care：worn out，磨损，精疲力竭。直译为"在狱中，我因为思虑而精疲力竭"。对译"南冠客思深"。

blue black wings：蓝黑色的翅膀。即蝉的膜翅，对译"玄鬓影"。

grief：悲伤。

译文

秋天的蝉鸣声不停响，狱中的我思乡情更切。不能忍受蝉翼的乌黑，对着白了头的我鸣叫。露水太重蝉儿难高飞，冷风狂虐鸣声易被掩盖。无人相信我高尚纯洁，我能对谁说心之所想呢？

咏 柳
贺知章

碧玉妆成一树高，万条垂下绿丝绦。
不知细叶谁裁出，二月春风似剪刀。

The Willow
He Zhizhang

The slender beauty's dressed in emerald all about;
A thousand branches droop like fringes made of jade.
But do you know by whom these slim leaves are cut out?
The wind of early spring is sharp as scissor blade.

关键词

willow：柳树。

The slender beauty's dressed in emerald all about：slender，苗条的。emerald，祖母绿，碧绿。直译为"那位穿着一身碧绿衣裳的美丽的姑娘"。对译"碧玉妆成一树高"。原诗"碧玉"除了形容柳树之绿，也是一处用典。中国古代，"小家碧玉"常用来比拟质朴美丽的贫家少女，此处双关：柳树就像一身碧绿、精心梳妆的亭亭玉立的美女。译诗浅白一些，但意味相同。

fringes made of jade：fringes，流苏。jade，绿玉色，翡翠色。翡翠色的流苏，即"绿丝绦"。

scissor blade：剪刀，刀刃。

译文

高高的柳树长满了翠绿的新叶，千万条垂下的柳枝仿佛绿丝带。不知道细细的柳叶是谁裁剪的，原来是二月春风这一把剪刀啊。

蝉
虞世南

垂緌饮清露，流响出疏桐。
居高声自远，非是藉秋风。

To The Cicada
Yu Shinan

Though rising high, you drink but dew;
Yet your voice flows from sparse plane trees.
Far and wide there's none but hears you;
You need no wings of autumn breeze.

关键词

> Cicada：蝉。
>
> dew：露珠。
>
> sparse：稀疏的。
>
> plane trees：梧桐树。
>
> You need no wings of autumn breeze：wings，翅膀。breeze，微风。直译为"你不需要秋风做你的翅膀"。对译"非是藉秋风"。译诗精准，且更加柔美。

译文

> 蝉垂着触角喝着清凉的露水，萧疏梧桐树上其声清脆响亮。
>
> 身居高位鸣叫声自然传得远，并非凭借了秋风的力量传播。

虞世南

虞世南，"初唐四大家"之一，字伯施，余姚人，历经陈、隋、唐三朝。贞观年间二十四勋臣之一，任著作郎、秘书监等职。博学多才，直言善谏，深得唐太宗赏识，称其有德行、忠直、博学、文辞、书翰五绝。传世书迹有《孔子庙堂碑》《破邪论》等，书法理论著作有《笔髓论》《书旨述》，主编《北堂书钞》。今存《虞秘监集》四卷，《全唐诗》收录其诗一卷。

辑五

白驹

轻踏

登幽州台歌
陈子昂

前不见古人，后不见来者。
念天地之悠悠，独怆然而涕下！

On the Tower at Youzhou
Chen Zi' ang

Where are the great men of the past
And where are those of future years?
The sky and earth forever last;
Here and now I alone shed tears.

关键词

Where are the great men of the past and where are those of future years：直译为"过去那些伟大的人在哪里？未来那些年的人在哪里"。对译"前不见古人，后不见来者"。变陈述句为疑问句，加重了诗歌在天地间上下求索的情感浓度。

past 和 last，years 和 tears：押韵工整，句式短促，契合唐诗酣畅淋漓而又余音缭绕的审美风格。

shed tears：shed，落下，掉下，流。落泪。

译文

前不见古代的贤明之君，后不见未来的英明之主。

念苍茫宇宙无穷无尽，独自悲痛而泣涕如雨。

夜泊牛渚怀古
李白

牛渚西江夜，青天无片云。
登舟望秋月，空忆谢将军。
余亦能高咏，斯人不可闻。
明朝挂帆席，枫叶落纷纷。

Mooring at Night Near Cattle Hill
Li Bai

I moor near Cattle Hill at night, when there's no cloud to fleck the sky.

On deck I gaze at the moon bright, thinking of General Xie with a sigh.

I too can chant, to what avail, none has like him a listening ear.

Tomorrow I shall hoist my sail, amid fallen leaves I'll leave here.

关键词

no cloud to fleck: fleck, 小片, 斑驳。对译"无片云"。

with a sigh: 直译为"长叹一声", 对应"空忆谢将军"一句, 实属意译。怀想着谢将军, 唏嘘长叹。将"怀古"之思表现得更加生动具体, 可谓"意美"。

amid fallen leaves I'll leave here: amid, 在……过程之中。随着落叶飘零, 我也将从这里离开。这句译诗将"明朝挂帆席, 枫叶落纷纷"做了更加直白、明确的表达。

night 和 bright, sky 和 sigh, avail 和 sail, ear 和 here: 押韵格式为 ABAB。不仅如此, near 和 night, too 和 to, leaves 和 leave, 还独出机杼地押了头韵。这些都增强了译诗的"音韵美"。

译文

晚上我停泊在西江牛渚山, 深蓝夜空中没有一片云朵。
我登上小船望着秋日明月, 徒然回忆起东晋谢尚将军。
我也能像袁宏般高声吟诵, 可惜没有谢将军的倾耳听。
明早我扬帆起航离开这里, 恰好是枫叶纷纷飘落之时。

登金陵凤凰台
李白

凤凰台上凤凰游，凤去台空江自流。

吴宫花草埋幽径，晋代衣冠成古丘。

三山半落青天外，二水中分白鹭洲。

总为浮云能蔽日，长安不见使人愁。

The Phoenix Terrace at Jinling
Li Bai

On Phoenix Terrace once phoenixes came to sing;

The birds are gone but still roll on the river's waves.

The ruined palace's buried under weeds in spring;

The ancient sages in caps and gowns all lie in graves.

The three-peaked mountain is half lost in azure sky;

The two-forked stream by Egret Isle is kept apart.

As floating clouds can veil the bright sun from the eye,

Imperial Court now out of view saddens my heart.

关键词

caps and gowns：帽子和长袍。结合下文"lie in graves"，grave，坟墓，契合中国传统文化中的"衣冠成冢"的意味。

The three-peaked mountain is half lost in azure sky：直译为"三座高耸的山脉一半迷失在湛蓝的天空里"。对译"三山半落青天外"，精准传神。

two-forked stream：fork，分岔，分支。stream，水流，溪流。直译为"两条流淌的溪流"。

Egret Isle：Egret，白鹭。Isle，岛屿。对译"白鹭洲"。

The two-forked stream by Egret Isle is kept apart：直译为"两条流淌的溪流被白鹭洲分开"。对译"二水中分白鹭洲"。译诗做到了"信达雅"。

译文

凤凰台上有凤凰来悠游，鸟儿飞走江水独自流淌。
旧宫的花草遮住了小路，晋代的古人已化作坟墓。
三山耸立如落青天之外，河水被白鹭洲一分为二。
总有朵朵浮云遮住日光，看不见长安城让我忧愁。

金陵城西楼月下吟
李白

金陵夜寂凉风发，独上高楼望吴越。
白云映水摇空城，白露垂珠滴秋月。
月下沉吟久不归，古来相接眼中稀。
解道澄江净如练，令人长忆谢玄晖。

Orally Composed on the Western Tower of Jinling in Moonlight
Li Bai

The cool breeze blows on silent night in Town of Stone,
To view the south I mount the high tower alone.
White clouds and city walls mirrored on ripples swoon;
Dewdrops look like pearls dripping from the autumn moon.

Crooning long,I won't go back; drowned in moon rays;

How few are connoisseurs in my eyes since olden days!

Seeing the river crystal-clear and silver-white,

How I miss the unforgettable poet bright!

关键词

blow: 吹动。

on silent: 沉默。

Town of Stone: 石头城。三国时期，吴国在金陵邑（今南京）原址石头山上筑城，故取名石头城。所以，金陵、石头城等，均指南京。

White clouds and city walls mirrored on ripples swoon: mirror，做动词表映射、反映。ripples，水波。swoon，神魂颠倒。直译为"白云和城墙在水波涟漪的映照下，令人沉醉"。对译"白云映水摇空城"，似幻似真，意境呼之欲出。

crooning long: croon，低吟。crooning long，对译"沉吟"。

crystal-clear and silver-white: crystal-clear，晶莹剔透的。silver-white，银白色的。此处联合修饰"澄江净如练"，虽然不是对等翻译，但音韵轻快明亮，别有译诗之美。

译文

金陵寂静的夜晚凉风习习，我独自登上高楼眺望吴越。

白云和城墙倒映在涟漪上，露珠似从秋月滴落的珍珠。

我在月下沉吟久久不归去，自古能与古人相通者极少。

"澄江净如练"这等好诗，令我深深地怀念起谢玄晖。

谢公亭
李白

谢公离别处，风景每生愁。
客散青天月，山空碧水流。
池花春映日，窗竹夜鸣秋。
今古一相接，长歌怀旧游。

Pavilion of Xie Tiao
Li Bai

Where the two poets parted, the scene seems broken-hearted.
The moon's left in the sky; the stream flows with deep sigh.
The pool reflects sunlight; bamboos shiver at night.
The present like the past; long, long will friendship last.

关键词

Where the two poets parted：parted，分别的，离别的。对译"谢公离别处"，即谢朓、范云当年分别之地。此处侧重意译，将"谢亭"的历史文化背景融入了译文之中，扫除了中英文化障碍，也巧妙地传达了友谊的主题。

broken-hearted：令人心碎的。

the present like the past：the present，当下。the past，过去。直译为"当下和过去一样"。对译"今古一相接"。译诗和原诗意义对等，简洁精准。

译文

　　路过谢朓范云当年分别之地，风景每每让我生出许多愁绪。
　　待到天青月明之时主客已散，空有那山间碧绿的溪水流淌。
　　池塘里的莲花映着春日晴好，秋日夜晚窗外竹子窸窣作响。
　　我仿佛是与古人产生了共鸣，引吭高歌纪念谢范昔日旧游。

赤 壁
杜牧

折戟沉沙铁未销，自将磨洗认前朝。
东风不与周郎便，铜雀春深锁二乔。

The Red Cliff
Du Mu

We dig out broken halberds buried in the sand
And wash and rub these relics of an ancient war.
Had the east wind refused General Zhou a helping hand,
His foe'd have locked his fair wife on Northern shore.

关键词

The Red Cliff：cliff，悬崖。The Red Cliff，即"赤壁"。

dig out：挖出。

broken halberds：损坏的战戟，即"折戟"。

rub：摩擦，打磨。

these relics of an ancient war：relics，遗物。ancient，古代。来自古代战场上的遗物，即"折戟"。

General Zhou：周将军，即"周郎"，周瑜，是赤壁之战的重要人物。

a helping hand：援手，一臂之力。

His foe'd have locked his fair wife on Northern shore：foe，敌人。Northern shore，北方阵营。他的敌人将他美丽的妻子深锁在北方阵营。原诗最后两句用典。二乔是指东吴之王孙权的亲嫂大乔和周瑜的妻子小乔，姐妹二人是东吴政权中最高贵美丽的女子。而铜雀台是曹操修建的楼台殿宇。译诗没有直接用典，而采取"浅化"译法：如果周将军没有得到致胜的东风，他的妻子将被北方阵营掳去。降低了理解的难度，在跨文化交流中是有必要的。

译文

挖出埋在沙子里的未销毁的戟，径自洗刷这些古代战争的遗迹。
东风若是不给周将军行个方便，大乔小乔会被锁在幽深的铜雀台。

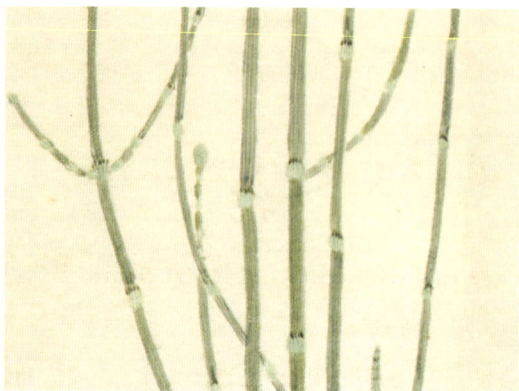

蜀 相

杜甫

丞相祠堂何处寻？锦官城外柏森森。

映阶碧草自春色，隔叶黄鹂空好音。

三顾频烦天下计，两朝开济老臣心。

出师未捷身先死，长使英雄泪满襟。

Temple of the Premier of Shu

Du Fu

The Premier's Temple's in the shade, of cypress woven with brocade.

The steps are green with grass in spring; in vain amid leaves orioles sing.

Consulted thrice on state affair, he served two reigns beyond compare.

He died before he won success, could heroes' tears not wet their dress?

关键词

the Premier of Shu: premier, 总理。古代丞相掌管行政, 和近代总理相当。the Premier of Shu, 即为"蜀相"。

cypress, 柏树。

woven with brocade, 编织锦缎（的地方）, 即"锦官城"。锦官城即成都, 蜀相祠堂武侯祠的所在地。

consulted thrice on state affair: consult, 咨询。thrice, 三次。state affair, 国家大事。汉末刘备曾三次拜访, 请诸葛亮出山, 辅佐他完成统一国家大业, 称为"三顾茅庐"。诗中用典, 即"三顾频烦天下计"。

译文

去何处寻找武侯的祠堂？在成都城外柏树茂盛处。

照映台阶的草依旧绿着, 黄鹂隔着枝叶徒劳歌唱。

刘备为天下而三顾茅庐, 诸葛亮辅两朝忠心耿耿。

可惜出师伐魏未成功便去世, 常使后代英雄流泪打湿衣襟！

禹 庙
杜甫

禹庙空山里，秋风落日斜。

荒庭垂橘柚，古屋画龙蛇。

云气生虚壁，江声走白沙。

早知乘四载，疏凿控三巴。

Temple of Emperor Yu
Du Fu

Your temple stands in empty hills, the autumn breeze with sunset fills.

Oranges still hang in your courtyard; dragons on your old walls breathe hard.

Over green cliff float clouds in flight; the river washes the sand white.

On water as on land you'd go; to dredge the streams and make them flow.

关键词

Temple of Emperor Yu: temple, 庙。emperor, 皇帝。中国的第一个皇帝是秦始皇。大禹治水有功，统一九州，是夏朝的第一个君主。用 emperor, 凸显其伟大。Temple of Emperor Yu, 即"禹庙"。

Oranges still hang in your courtyard; dragons on your old walls breathe hard: 直译为"你的院子里，橘子仍然挂着；你的旧墙上，龙呼吸困难"。上句基本上是"等译"，与"荒庭垂橘柚"意味相当。下句为何要说龙呼吸困难呢？原来，杜甫原诗在此处化用了大禹治水的典故。据说，禹治洪水后，九州人民得以安居，东南岛夷之民把丰收的橘柚进贡给禹。龙蛇得以驯服，被驱于水泽之地，不再兴风作浪；所以，它们喘着气，呼吸困难。杜甫"用事入化"，译诗再次化用。

cliff: 悬崖边。

float: 漂浮。

in flight: 飞行中。

On water as on land you'd go; to dredge the streams and make them flow: as on, 好像。上句直译为"在水上，你如同行走在地上"。对译"早知乘四载"。原诗中"四载"指水行乘舟，陆行乘车，山行乘樏，泥行乘橇。这里为表达简洁，采取了"浅化"译法，仅表达水行如履平地之义。

dredge: 疏通。

flow：畅流。

译文

大禹庙耸立在空旷的山丘上，萧瑟秋风吹拂着西斜的落日。
荒废庭院中橘与柚垂挂枝头，古屋的旧墙上画着龙蛇图腾。
升腾的云气缭绕在峭壁之上，滔滔江水冲刷着白色的沙石。
大禹为了治水曾经四处奔波，凿山疏道解决三巴地区水患。

滕王阁诗

王勃

滕王高阁临江渚，佩玉鸣鸾罢歌舞。

画栋朝飞南浦云，珠帘暮卷西山雨。

闲云潭影日悠悠，物换星移几度秋。

阁中帝子今何在？槛外长江空自流。

Prince Teng's Pavilion

Wang Bo

By riverside towers Prince Teng's Pavilion proud,

But gone are cabs with ringing bells and stirring strain.

At dawn its painted beams bar the south-flying cloud;

At dusk its uprolled screens reveal western hills' rain.

Leisurely clouds hang o'er still water all day long;

Stars move from spring to autumn in changeless sky.

Where is the prince who once enjoyed here wine and song?

Beyond the rails the silent river still rolls by.

关键词

Prince Teng's Pavilion: prince, 王子, 王孙。Pavilion, 亭, 阁。Prince Teng's Pavilion, 滕王阁。

south-flying cloud 和 western hills' rain: south-flying cloud, 南方飘飞的云, 对译"南浦云"。屈原《九歌》中, "子交手兮东行, 送美人兮南浦"; 江淹《别赋》又云, "送君南浦, 伤如之何"。由此, "南浦"在中国传统文化中, 逐渐演变为"送别之地"的意象。western hills' rain, 西边山上的雨, 对译"西山雨"。"西山"是从"南浦"对举而来, 由地理方位到情感意象的转化。西边是落日之地, "西山雨"因此带着缠绵难离的相思。

At dusk its uprolled screens reveal western hills' rain: at dusk, 黄昏。uprolled, 卷起。screens, 围屏, 此处指门帘。reveal, 显示。直译为"在黄昏, 门帘卷起, 看到西山落雨"。对译"珠帘暮卷西山雨"。译诗精美, 保留了原诗韵味。

Leisurely clouds hang o'er still water all day long;Stars move from spring to autumn in changeless sky: leisurely clouds, 悠闲的云, 对译"闲云"。stars move from spring to autumn, 从春到秋, 繁星转换, 对译"物换星移", 也暗合了"几度秋"。这一联英译诗句对译"闲云潭影日悠悠, 物换星移几度秋", 可谓形神兼备, 清丽雅致。

rails: 扶栏, 即"槛"。

roll by：匆匆流逝。

译文

高高的滕王阁俯临江心的沙洲，歌舞结束只听得佩玉鸾铃鸣响。
早晨南浦的云穿过彩绘的栋梁，傍晚时分西山烟雨卷起了珠帘。
悠闲的云影映入江水悠然漂浮。风景星辰变换不知过了几个秋。
昔日阁中的滕王如今在哪儿？只有那栏外的长江水独自东去。

江南春
杜牧

千里莺啼绿映红，水村山郭酒旗风。
南朝四百八十寺，多少楼台烟雨中。

Spring on the Southern Rivershore
Du Mu

Orioles sing for miles amid red blooms and green trees;
By hills and rills wine shop streamers wave in the breeze.
Four hundred eighty splendid temples still remain
Of Southern Dynasties in the mist and rain.

关键词

rivershore: shore，岸边。rivershore，江边。

orioles: 黄鹂，即诗中"莺"。

amid: 在……之中。

hills and rills: 山和水，对译"水村山郭"。译意基本完整，还押了尾韵，兼顾音韵和谐。

streamer: 横幅，对译"酒旗"。

Southern Dynasties: 南朝。

in the mist and rain: mist，雾；rain，雨。in the mist and rain，在雾中和雨中，即"烟雨中"。译诗简约精妙，意境全出。

译文

江南大地鸟啼声与绿草红花相辉映，水边村寨山麓城郭酒旗随风飘动。南朝遗留下来的四百八十多座古寺，无数的楼台全笼罩在风烟云雨中。

泊秦淮
杜牧

烟笼寒水月笼沙，夜泊秦淮近酒家。
商女不知亡国恨，隔江犹唱后庭花。

Moored on River Qinhuai
Du Mu

Cold river with sand bars veiled in misty moonlight,
I moor on River Qinhuai near wineshops at night.
The songstress knowing not the grief of conquered land,
Still sings the song composed by a captive king's hand.

关键词

moor：停泊。

Cold river with sand bars veiled in misty moonlight：sand bars，沙洲。veiled，戴面纱的。misty，多雾的。直译为"迷离多雾的月色如纱笼罩着清冷的河水和沙洲"。对译"烟笼寒水月笼沙"，将原诗中诸多喻体、本体交杂的意象理顺，融于译诗，且意境完整，实属难得。

wineshop：酒家。

songstress：歌女。中国古代五声音阶为"宫商角徵羽"，故称歌女为商女。

the grief of conquered land：grief，悲伤。conquered land，被征服的土地。对译"亡国恨"。

the song composed by a captive king's hand：composed by，创作，编曲。captive，俘虏。直译为"一首出自俘虏皇帝之手的歌曲"，即《后庭花》。《后庭花》是南朝陈后主《玉树后庭花词》的简称，其词轻荡，歌声哀怨，后以喻亡国之音。译诗将其浅化，点明歌女唱的是亡国之君的歌曲。

译文

河水和沙洲都笼罩在月色之下，夜晚船停泊在秦淮河酒馆附近。卖唱的歌女不知道亡国的悲愤，隔着江流仍然唱着玉树后庭花。

乌衣巷

刘禹锡

朱雀桥边野草花，乌衣巷口夕阳斜。
旧时王谢堂前燕，飞入寻常百姓家。

The Street of Mansions

Liu Yuxi

Beside the Bridge of Birds rank grasses overgrow;
Over the street of Mansion the setting sun hangs low.
Swallows which skimmed by painted eaves in days gone by,
Are dipping now in homes where humble people occupy.

关键词

rank：排列。

原诗有多处地名，既是实指，也是用典，有历史和文化的象征意味。"朱雀桥"指旧桥上装饰着谢安所建的铜雀重楼，译诗为"the Bridge of Birds"，即"画鸟的桥"；"乌衣巷"是东晋时高门士族的聚居区，译诗为"the street of Mansion"，即"穿过豪宅的街道"；"王谢堂前"指王导、谢安两家权门的高大厅堂，译诗为"painted eave"，即"画檐"。译诗均采取了"浅化"译法，缺失了怀古忧思的韵味，唯留盛衰兴败的感慨，亦属难得。

overgrow：在……长满。

dip：下降，下沉。

humble people：卑微的平民，即百姓。

occupy：占领。

译文

朱雀桥头长满丛丛野草，点点鲜花，乌衣巷口正夕阳西下。昔日高门贵族门前的燕子，如今已经飞入寻常百姓家里。

石头城
刘禹锡

山围故国周遭在，潮打空城寂寞回。
淮水东边旧时月，夜深还过女墙来。

The Town of Stone
Liu Yuxi

The changeless hills round ancient capital still stand;
Waves beating on ruined walls, unheeded, roll away.
The moon which shone by riverside on flourished land
Still shines at dead of night over ruined town today.

关键词

Waves beating on ruined walls, unheeded, roll away：ruined walls，断壁残垣。unheeded，视而不见的。roll away，回转。直译为"潮水打在断壁残垣上，仿佛视而不见，又转而退回"。对译"潮打空城寂寞回"。原诗"空城"即南京"石头城"（The Town of Stone），译为"断壁残垣"，写出了它荒芜废弃的苍凉之感。

at dead of night：夜深人静。

译文

群山依旧环绕着已经荒废了的故都，潮水依旧拍打着这一座寂寞的空城。

淮水的东边升起旧时那清冷的月亮，夜深的时候依然照亮了城头的矮墙。

汴河怀古

皮日休

尽道隋亡为此河，至今千里赖通波。
若无水殿龙舟事，共禹论功不较多。

The Great Canal

Pi Rixiu

The Great Canal was blamed for the Sui Empire's fall,
But on its waves the goods and food are brought to all.
Could the flood-fighting emperor do anything more,
Than the Sui dragon-boats of three stories or four?

关键词

The Great Canal：隋唐大运河，即京杭大运河。从北到南，依次为永济渠、通济渠、邗沟、江南河。此处的"汴河"即"通济渠"。

The Great Canal was blamed for the Sui Empire's fall：be blamed for，为……负责任。Sui Empire，隋朝。直译为"大运河应该为隋朝的灭亡负责"。对译"尽道隋亡为此河"。

But on its waves the goods and food are brought to all：wave：飘荡。直译为"但是飘荡在大河上的货物和食物被运送到各地"。对译"至今千里赖通波"。

the flood-fighting emperor：flood-fighting，抗洪，治水。the flood-fighting emperor，治水的皇帝，即大禹。

Sui dragon-boats of three stories or four：直译为"隋代三四层的龙舟"。对译"若无水殿龙舟事"。当年运河竣工后，隋炀帝率众二十万出游，自己乘坐高达四层的"龙舟"，还有高三层、称为浮景的"水殿"九艘，此外杂船无数，极尽奢靡，故称"水殿龙舟"。

译文

大运河被认为是隋朝灭亡的罪魁祸首，至今南北千里之隔还要依赖此河通行。

如果没有打造水上宫殿和龙舟的事件，隋炀帝与大禹论功绩大概也能比得上。

皮日休

皮日休，晚唐文学家。字逸少，后改袭美。襄阳道竟陵（今湖北天门）人。早年住在鹿门山，自号鹿门子，又号醉士、间气布衣、醉吟先生，其诗文与陆龟蒙齐名，人称"皮陆"。咸通八年进士，曾任太常博士，后又在大齐（黄齐）任翰林学士，黄巢起义失败后，皮日休失踪。有《皮子文薮》《皮日休集》等。

悯 农

李绅

（其一）

春种一粒粟，秋收万颗子。

四海无闲田，农夫犹饿死。

（其二）

锄禾日当午，汗滴禾下土。

谁知盘中餐，粒粒皆辛苦。

The Peasants

Li Shen

（I）

Each seed when sown in spring, will make autumn yields high.

What will fertile fields bring? Of hunger peasants die.

（Ⅱ）

At noon they weed with hoes; their sweat drips on the soil.

Each bowl of rice, who knows? Is the fruit of hard toil.

关键词

sown：播种。

fertile fields：fertile，肥沃的。fertile fields，肥沃的农田。

hoes：锄头。

the fruit of hard toil：辛苦工作的成果。对译"粒粒皆辛苦"。

spring 和 bring，high 和 die，hoes 和 knows，soil 和 toil：ABABCDCD 式韵脚押韵，节奏整齐有力，有音韵美。

译文

其一

春天播下一粒种子，秋天收获很多粮食。

天下无荒废的田地，却仍有农民被饿死。

其二

烈日当空农民还在劳作，汗水滴入庄稼下的泥土。

又有谁知道碗中的米饭，粒粒都是辛苦劳动所得！

李 绅

　　李绅，字公垂，唐代宰相、诗人。亳州谯县（今安徽省亳州市谯城区）人，生于乌程（今浙江湖州），长于润州无锡（今江苏无锡）。曾任中书侍郎、同平章事、门下侍郎等职，被封为赵国公，为相四载，与元稹、白居易交游甚密，也参与过新乐府运动。他的《悯农》对农民满怀同情，揭露时弊，被千古传诵。《全唐诗》收录其诗四卷。

寒 食
韩翃

春城无处不飞花，寒食东风御柳斜。
日暮汉宫传蜡烛，轻烟散入五侯家。

Cold Food Day
Han Hong

There's nowhere in spring town but flowers fall from trees;
On Cold Food Day royal willows slant in east breeze.
At dusk the palace sends privileged candles red
To the five lordly mansions where wreaths of smoke spread.

关键词

Cold Food Day：寒食节。

nowhere...but：除了……没有，即"只有"。与原诗"无处不……"略有差异。

royal willows：皇家的杨柳，即"御柳"。

breeze：微风。

privileged candles red：privileged，荣幸的，有特权的。寒食节本应禁火禁灯，皇宫却在日暮时分，就破例分送红烛，有明显的讽喻意味。

five lordly mansions：lordly，贵族的。mansions，宅邸。直译为"五大豪宅"，对译"五侯"。

wreaths of smoke：圈状的烟云，比较形象地表现了轻烟的形态。

译文

春天的长安城处处杨花飞扬，恰逢寒食东风吹得柳枝斜摆。黄昏时分汉宫里会点上蜡烛，轻烟袅袅飘进王侯之家的庭院。

蓬壶光冷月金谷绿名珠

何事生天上芙蓉总不如

家珍

韩 翃

　　韩翃，唐代诗人，字君平，南阳（今河南南阳）人，"大历十才子"之一。天宝十三年进士及第。建中年间，因一首《寒食》受到唐德宗的赏识，曾任驾部郎中、知制诰等职，一路平步青云，官至中书舍人。他善写七绝，多临行赠别和唱和吟咏题材，在当时被广为传颂。著有《韩君平诗集》。《全唐诗》录其诗三卷。

买 花

白居易

帝城春欲暮，喧喧车马度。

共道牡丹时，相随买花去。

贵贱无常价，酬直看花数。

灼灼百朵红，戋戋五束素。

上张幄幕庇，旁织笆篱护。

水洒复泥封，移来色如故。

家家习为俗，人人迷不悟。

有一田舍翁，偶来买花处。

低头独长叹，此叹无人喻。

一丛深色花，十户中人赋！

Buying Flowers

Bai Juyi

The capital's in parting spring,

Steeds run and neigh and cab bells ring.

Peonies are at their best hours

And people rush to buy the flowers.

They do not care about the price,

Just count and buy those which seem nice.

For hundred blossoms dazzling red,

Twenty-five rolls of silk they spread.

Sheltered above by curtains wide,

Protected with fences by the side,

Roots sealed with mud, with water sprayed,

Removed, their beauty does not fade.

Accustomed to this way for long,

No family e'er thinks it wrong.

What's the old peasant doing there?

Why should he come to Flower Fair?

Head bowed, he utters sigh on sigh

And nobody understands why.

A bunch of deep-red peonies,

Costs taxes of ten families.

关键词

peonies：牡丹，芍药。peony 的复数。

for hundred blossoms dazzling red：blossom，开花。dazzling，耀眼的。直译为"红得耀眼的一百朵开放的鲜花"，对译"灼灼百朵红"。

twenty-five rolls of silk they spread：roll，卷，卷轴。spread，散开的。"束"是量词，古时布帛五匹为一束，"素"是"白绸子"，译诗将"戋戋五束素"译为"Twenty-five rolls of silk they spread"。"twenty-five"明确了牡丹花的朵数，"silk"暗喻了白牡丹像白色丝绸一样，富有光泽、顺滑，"they spread"表现了牡丹花最佳绽放的状态。完美诠释了"信达雅"的翻译要求。

shelter：避雨，庇护。

utter sigh on sigh：utter，讲出，发出。sigh on sigh，长叹。

译文

长安城即将进入暮春，城中车马喧闹嘈杂。都说是牡丹盛开时节，纷纷相随前去买花。花价格无常贵贱不一，价钱以品种数量定。一百朵明艳的红牡丹，竟价值二十五匹帛。主人在上方张帷遮阴，在旁边筑樊篱保护。洒水并在茎根封上泥，移植过来的花颜色如故。家家以侍牡丹为习俗，人人对此执迷不悟。有一种田的老农，无意中来到买花的地方。见此情景独自低头长叹，这长叹无人在意。一丛深色牡丹花的价钱，高达十户中等人家一年的赋税。

观祈雨
李约

桑条无叶土生烟，箫管迎龙水庙前。
朱门几处看歌舞，犹恐春阴咽管弦。

Praying for Rain
Li Yue

No leaves sprout from mulberry trees on drought-scorched
earth;
Flutes and pipes are played to evoke the Rain God's mirth.
But the rich see dances and hear songstresses sing;
They only fear rain clouds would damage their lute string.

关键词

Praying for Rain: pray for, 祈求。Praying for Rain, 求雨。比原诗题少了"观"的意味, 核心意味尚在。

mulberry tree: 桑树。

drought-scorched: 干旱冒烟的。

flutes and pipes: flutes, 长笛。pipes, 管乐器。flutes and pipes, 即"箫管", 管弦乐器。

mirth: 欢乐。

songstresses: 女歌手。

rain cloud: 雨和云。"春阴"本义是春季的阴天, 译诗用"rain cloud", 把"春阴"的结果和盘托出。即害怕春季天阴下雨, 阻塞暗哑了管弦的声音。属于"深化"的译法。

lute string: lute, 琵琶。string, 丝线。lute string, 对译"管弦"。

译文

桑树没有长出叶子土地干旱,
百姓吹奏管乐在龙王庙祈雨。
好几户富贵人家都歌舞宴饮,
还担心春日阴雨让乐器受潮。

李 约

　　李约，唐代诗人，字在博，一作存博，号"萧斋"，唐宗室之后，郑王元懿玄孙，精楷隶，善画梅。其诗语言朴实，感情沉郁，《全唐诗》收录十首。

春望
杜甫

国破山河在，城春草木深。

感时花溅泪，恨别鸟惊心。

烽火连三月，家书抵万金。

白头搔更短，浑欲不胜簪。

Spring View
Du Fu

On war-torn land streams flow and mountains stand;

In vernal town grass and weeds are overgrown.

Grieved over the years, flowers make us shed tears;

Hating to part, hearing birds breaks our heart.

The beacon fire has gone higher and higher;

Words from household are worth their weight in gold.

I cannot bear to scratch my grizzled hair;

It grows too thin to hold a light hairpin.

关键词

war-torn: 战争破坏的。

streams flow and mountains stand: 溪流涓涓，群山耸立。对译"山河在"。

shed tears: shed，流下。shed tears，落泪。

The beacon fire has gone higher and higher: beacon，烽火。直译为"烽火越烧越高"。对译"烽火连三月"。表示时长的"连三月"在译诗中缺失，代之以"越烧越高"，来表现战火经年不息，国家动乱不安。

Words from household are worth their weight in gold: household，日常的，家常的。直译为"家常的话有黄金的价值"。对译"家书抵万金"。译诗工整完美，体现了眷怀家人的真挚情感。

hairpin: 发夹，这里指"簪"。

译文

国家已破碎只有山河依旧，春天的长安城里草木茂盛。

感伤国事花儿都不禁流泪，鸟叫声惊心徒增离愁别恨。

连绵战火已延续了三月余，家书如黄金万两一般珍贵。

因为发愁白发越搔越短了，简直稀疏得插不上簪子了。

蜂

罗隐

不论平地与山尖，无限风光尽被占。
采得百花成蜜后，为谁辛苦为谁甜？

To the Bee

Luo Yin

On the plain or atop the hill,
Of beauty you enjoy your fill.
You gather honey from flowers sweet.
For whom are you busy and fleet?

关键词

plain：平原。

atop：在……顶上。

Of beauty you enjoy your fill：你饱尝着美丽和快乐。对译"无限风光尽被占"。译诗将原诗中的"风光"分解为美丽与快乐，别有匠心。

busy and fleet：fleet，快速的。busy and fleet，忙碌。

译文

无论在平原或在山顶，无限春光尽被蜂占据。

采百花之后酿成蜂蜜，不知是为谁忙碌酿蜜？

罗　隐

　　罗隐,原名罗横,字昭谏,新城(今浙江杭州市富阳区新登镇)人,晚唐诗人、文学家。其著作有《谗书》《两同书》等,体现了其政治思想。其诗歌多抨击社会弊政,反映百姓疾苦,多咏史怀古题材,语言明快畅达,被广为传颂。

枕剑

听雨

将进酒
李白

君不见黄河之水天上来，奔流到海不复回。

君不见高堂明镜悲白发，朝如青丝暮成雪。

人生得意须尽欢，莫使金樽空对月。

天生我材必有用，千金散尽还复来。

烹羊宰牛且为乐，会须一饮三百杯。

岑夫子，丹丘生，将进酒，杯莫停。

与君歌一曲，请君为我倾耳听。

钟鼓馔玉不足贵，但愿长醉不复醒。

古来圣贤皆寂寞，惟有饮者留其名。

陈王昔时宴平乐，斗酒十千恣欢谑。

主人何为言少钱，径须沽取对君酌。

五花马、千金裘，呼儿将出换美酒，与尔同销万古愁。

Invitation to Wine
Li Bai

Do you not see the Yellow River come from the sky,

Rushing into the sea and ne'er come back?

Do you not see the mirrors bright in chambers high,

Grieve o'er your snow-white hair though once it was silk-black?

When hopes are won,oh!Drink your fill in high delight.

And never leave your wine-cup empty in moonlight!

Heaven has made us talents, we're not made in vain.

A thousand gold coins spent, more will turn up again.

Kill a cow,cook a sheep and let us merry be,

And drink three hundred cupfuls of wine in high glee!

Dear friends of mine,

Cheer up,cheer up!

I invite you to wine.

Do not put down your cup!

I will sing you a song, please hear,

O hear! Lend me a willing ear!

What difference will rare and costly dishes make?

I only want to get drunk and never to wake.

How many great men were forgotten through the ages?

But great drinkers are more famous than sober sages.

The Prince of Poets feast'd in his palace at will,

Drank wine at ten thousand a cask and laughed his fill.

A host should not complain of money he is short,

To drink with you I will sell things of any sort.

My fur coat worth a thousand coins of gold

And my flower-dappled horse may be sold

To buy good wine that we may drown the woes age-old.

关键词

Invitation to Wine: Invitation to, 邀请。"将进酒"中，"将"即请。同译为"请饮酒"。

Do you not see: 对译"君不见"。原诗用两个排比句，将年华一去不返的一泻千里之势表现得淋漓尽致。译诗用"Do you not see"的句式，对仗工整，语意对等，能够传达出原诗的意境。

rushing into: 冲进，奔流。

chambers: 会议厅。对译"高堂"。

silk-black: 直译为"黑色的丝"。对译"青丝"。青丝，在中国传统文化中，即为"头发"。但若译为"hair"，又缺失了汉语中"黑色的头发""青春的蓬勃"等文化意味。因此，此处译为"silk-black"，旨在突出"青丝""青春"之感。

in high delight: 兴高采烈，无限喜悦。

in vain: 徒劳。

A thousand gold coins spent, more will turn up again: turn up, 出现。对译"千金散去还复来"。

merry: 愉快的。

glee: 高兴。

Dear friends of mine: 我亲爱的朋友们。这一句替代原诗中"岑夫子，丹丘生"。岑夫子、丹丘生本来就是李白交好的隐士和道友。

译诗很难译出这种人物背景，于是，译者就采用了"浅化"译法，直接译为"我亲爱的朋友们"。

cheer up：振作起来。这里用作劝酒，对译"杯莫停"。

Lend me a willing ear：Lend me an ear，倾听。willing，乐意的，希望的。以此对译"请君为我倾耳听"，可谓神来之笔。

rare：稀有的，珍贵的。

I only want to get drunk and never to wake：drunk，醉酒。wake 清醒。对译"但愿长醉不复醒"。

sober sages：sober，冷静的。sages，圣贤。

one's fill：尽其所能。文中多次用到"your fill""his fill"，指吃好、喝好。

The Prince of Poets：prince，王侯，公子。The Prince of Poets，这里浅译，泛指作诗的公子，即原诗中的"陈王"，指陈思王曹植。可见原诗也是代指富豪显贵的娱乐场所。这里泛指浅译为"作诗的公子"，即爱好风雅的豪门，也是准确还原。

at will：随意。

complain of：抱怨。

any sort：sort，种类。any sort，任何一种。

woes age-old：woes，困难，哀伤。woes age-old，即"万古愁"。

译文

你难道看不见那黄河之水从天而降，翻滚奔腾直到东海再也不回来。你难道看不见那年迈的父母对着镜子感叹自己白发苍苍，仿佛衰老只在一日之间，早上的青丝晚上便变雪白。所以人生得意之时就应当纵情欢乐，不要让这金杯无酒空对明月。人生下来就有自己的价值和意义，就算花光了黄金千两也还能再得来。煮羊宰牛只管尽情享乐，一次喝下三百杯葡萄酒也不嫌多。岑夫子啊，丹丘生啊，举杯畅饮啊，不要停啊。我为朋友们高歌一曲，请你们为我侧耳倾听。钟鼓乐和珍馐美食没什么稀罕，我只愿永远醉心于畅饮不愿清醒。古往今来多少圣人贤者都籍籍无名，只有那好饮酒的人才万古流芳。陈王曹植当年在平乐观设酒宴，他们放纵欢乐一斗美酒便值万钱。主人你为什么说钱已经不多了，尽管沽酒上来让我和朋友们对饮。名贵的五花马、值钱的狐皮裘，我叫侍儿拿出来去换美酒，与你一同借酒消解这万古忧愁。

行路难

李白

金樽清酒斗十千，玉盘珍羞直万钱。

停杯投箸不能食，拔剑四顾心茫然。

欲渡黄河冰塞川，将登太行雪满山。

闲来垂钓碧溪上，忽复乘舟梦日边。

行路难！行路难！多歧路，今安在？

长风破浪会有时，直挂云帆济沧海。

Hard is the Way of the World

Li Bai

Pure wine in golden cup costs ten thousand coins, good!

Choice dish in a jade plate is worth as much, nice food!

Pushing aside my cup and chopsticks,I can't eat;

Drawing my sword and looking round,I hear my heart beat.

I can't cross Yellow River: ice has stopped its flow;

I can't climb Mount Taihang: the sky is blind with snow.

I poise a fishing pole with ease on the green stream

Or set sail for the sun like the sage in a dream.

Hard is the way. Hard is the way.

Don't go astray! Whither today?

A time will come to ride the wind and cleave the waves;

I'll set my cloud-like sail to cross the sea which raves.

关键词

pure wine: 清酒。

golden cup: 金樽。

ten thousand coins: 一万个金币，即"万钱"。

a jade plate: jade，玉制的。a jade plate，"玉盘"。

worth: 值得。

good 和 nice food: 不仅同时押了腹韵和尾韵，和前文简单直接的文风也一脉相承，表现了诗人率真自得的性情。

chopsticks: 筷子，即"箸"。

Drawing my sword and looking round: sword，剑。两个动名词"drawing"和"looking"传递了原诗"拔剑四顾"的急迫与茫然。

flow: 流动。

poise: 自信。

with ease: 轻松地，不费力地。

Hard is the way. Hard is the way. Don't go astray! Whither

today: 对译"行路难！行路难！多歧路，今安在"，这四句对应原诗，节奏短促、跳跃，完全是诗人迷茫不安、不知所措的内心独白。

ride the wind and cleave the waves: ride，骑着。cleave，劈开。即"乘风破浪"，对译"长风破浪"。

cloud-like sail: 像云一样的船。即"云帆"。

译文

金杯中美酒一斗价值一万，玉盘里珍贵佳肴价值不菲。

我放下杯子筷子食不下咽，拔出剑环顾四周心中茫然。

想渡黄河可冰雪堵塞流水，想登太行山可满山都是雪。

闲时效仿姜太公溪边垂钓，忽然梦见乘船路过太阳旁。

人生道路何其艰难！何其艰难！多有崎岖路，大道究竟在何处？

我坚信必有乘风破浪之时，扬帆渡沧海到达理想彼岸。

使至塞上

王维

单车欲问边，属国过居延。

征蓬出汉塞，归雁入胡天。

大漠孤烟直，长河落日圆。

萧关逢候骑，都护在燕然。

On Mission to the Frontier

Wang Wei

A single carriage goes to the frontier;

An envoy crosses northwest mountains high.

Like tumbleweed I leave the fortress drear;

As wild geese I come under Tartarian sky.

In boundless desert lonely smokes rise straight;

Over endless river the sun sinks round.

I meet a cavalier at the camp gate;

In northern fort the general will be found.

关键词

On Mission to the Frontier: On Mission，出使，执行任务。Frontier，边疆，即"塞上"。全句对译"使至塞上"。

carriage：马车。

envoy：使者。

tumbleweed：风滚草。生长在沙漠地区，秋季在地面处折落，随风像球一样到处滚动。这里对译"征蓬"，为诗人自喻颠沛流离，如随风远飞的枯蓬。

Tartarian：鞑靼，泛指欧亚大陆上的游牧民族。

In boundless desert lonely smokes rise straight; Over endless river the sun sinks round："lonely smokes"对译"孤烟"，"the sun"对译"落日"；这些都是孤寂的个体意象。"boundless desert"对译"大漠"，"endless river"对译"长河"；这些都是空阔的整体背景。用 boundless 和 endless 修饰 desert 和 river，凸显了沙漠的广袤无垠，加强了背景与意象的对比，实现了"诗中有画"的原诗审美风格。而"rise straight"和"sinks round"，在原诗"直"和"圆"中加入精短的动词 rise 和 sink，不仅契合了语法规范，也调节了译诗的音韵节奏。

译文

　　我轻车简从去慰问边关将士，以使臣的身份到达了居延。像枯蓬一样飘卷出汉塞，如飞燕一样振翅飞入胡人领地。大漠上孤烟笔直地升起，长河落日显得尤为浑圆。途经萧关恰逢侦察骑兵，说边关将领已到燕然。

凉州词

王翰

葡萄美酒夜光杯，欲饮琵琶马上催。

醉卧沙场君莫笑，古来征战几人回？

Starting for the Front

Wang han

With wine of grapes the cups of jade would glow at night;

Drinking to pipa songs,we are summoned to fight.

Don't laugh if we lay drunken on the battleground!

How many warriors ever came back safe and sound.

关键词

Starting for the Front: 意为"出发去前线"，对译诗题"凉州词"。由于"凉州"所具有的文化象征意味，在英文中很难用较短的语句表达，译诗选择了"浅化"译法，直接告知读者主题：这是诗人出发上战场前的急就章。

glow：发光。

drinking to pipa songs：听着琵琶曲，将要喝酒。

summon：传唤。

battleground：战场，沙场。

warriors：勇士。

came back safe and sound：平安回来。

译文

手捧盛满葡萄美酒的夜光杯，琵琶声好似正在催促将士畅饮。喝醉卧在沙场诸君莫要见笑，自古以来戍边征战有几人全身而退？

王　翰

　　王翰，唐代边塞诗人，字子羽，并州晋阳（今山西省太原市）人。景云元年进士。曾为驾部员外郎、汝州长史、仙州别驾等。其性格豪放，喜游乐饮酒，才智过人。其边塞诗豪迈旷达，荡气回肠，多壮丽之词。《全唐诗》收录其诗一卷，其中《凉州词》千古流传。

出 塞
王昌龄

秦时明月汉时关，万里长征人未还。
但使龙城飞将在，不教胡马度阴山。

On the Frontier
Wang Changling

The moon still shines on mountain passes as of yore.
How many guardsmen of the Great Wall are no more!
If the Flying General were still there in command,
No hostile steeds would have dared to invade our land.

关键词

frontier：边界，边境，关塞。

The moon still shines on mountain passes as of yore：pass，关隘。yore，昔日。译诗将自然意象"明月"和地名意象"关"，直译为"moon"和"mountain passes"。采取了"浅化"译法，将历史文化意象"秦汉"意译为"yore"。"yore"是古英语，凸显了历史沧桑、时过境迁，与后一句的"more"押韵。类似的还有将"征人"译为"guardsmen"，即将士；将"龙城飞将"译为"Flying General"，即飞将军；将"胡马"译为"hostile steeds"，即敌人的战马；将"阴山"译为"our land"，即我们的土地。

in command：应付自如。

invade：侵略。

译文

依旧是秦汉时期的明月和关塞，远赴万里戍边的将士至今没回来。只要龙城的飞将军李广还在，绝不会让匈奴纵马越界到阴山。

凉州词

王之涣

黄河远上白云间，一片孤城万仞山。

羌笛何须怨杨柳，春风不度玉门关。

Out of the Great Wall

Wang Zhihuan

The Yellow River rises to the white cloud;

The lonely town is lost amid the mountains proud.

Why should the Mongol flute complain no willow grow?

Beyond the Gate of Jade no vernal wind will blow.

关键词

Out of the Great Wall：长城之外，对译"凉州"。

The lonely town is lost amid the mountains proud：amid，在……之间。proud，高傲的。直译为"一座孤独的城市迷失在高傲的群山之间"。对译"一片孤城万仞山"。

Mongol flute：Mongol，蒙古的，这里泛指边境少数民族。flute，长笛。对译"羌笛"。

willow：杨柳。

Gate of Jade：Jade，玉，翡翠。Gate of Jade，玉门关。

vernal wind：春风。

译文

黄河远远流向那白云之间，一座孤城伫立在群山之中。何须吹响羌笛怨春天来得晚，因为春风吹不过这玉门关啊！

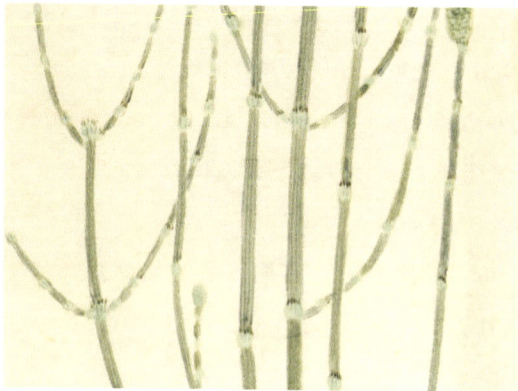

过酒家（节选）
王绩

此日长昏饮，非关养性灵。
眼看人尽醉，何忍独为醒。

The Wineshop（Excerpt）
Wang Ji

Drinking wine all day long, I won't keep my mind sane.
Seeing the drunken throng, should I sober remain?

关键词

all day long：整天，天天。

sane：理智的精神。

throng: 人群。

sober: 冷静。

Seeing the drunken throng, should I sober remain: 反诘句。
对译"眼看人尽醉，何忍独为醒"，反用屈原《楚辞》中"举世皆
浊我独清，众人皆醉我独醒"一句。表面上似乎说自己昏醉不醒是
随波逐流，但"何忍"一词，对应译诗中的反诘句式，表现出诗人
浊世自清的苦闷。

译文

这些天日日饮酒常常喝醉，但这与修身养性毫无关系。

我亲眼看着众人都喝醉了，如何忍心独自一个人清醒。

望 岳
杜甫

岱宗夫如何？齐鲁青未了。

造化钟神秀，阴阳割昏晓。

荡胸生层云，决眦入归鸟。

会当凌绝顶，一览众山小。

Gazing on Mount Tai
Du Fu

O peak of peaks, how high it stands! One boundless green
overspreads two States.

A marvel done by Nature's hands, over light and shade it
dominates.

Clouds rise therefrom and lave my breast; I stretch my eyes to see birds fleet.

I will ascend the mountain's crest; it dwarfs all peaks under my feet.

关键词

gaze on：看。

peak of peaks：顶峰中的顶峰, 对译"岱宗"。泰山被誉为"岱宗", 即诸山所宗, 最高的山。不言"岱宗", 而意味全出, 出神入化。

One boundless green overspreads two States：boundless, 无尽的。overspread, 蔓延。直译为"无尽的绿色蔓延在两地"。两地, 即齐鲁两地。为便于英美读者理解, 译诗"浅化", 只说绿色横跨两地, 并不实指"齐鲁"。

over light and shade it dominates：light and shade, 从字面上理解, 光明和阴影, 暗合"阴阳"; 而这是一个固定短语, 即"富于变化的"。全句直译为"它主宰着这里富于变幻的明和暗"。对译"阴阳割昏晓"。虽不是一一对应, 也别有诗味。

therefrom：从那儿。

lave：洗涤。

stretch my eyes：stretch, 伸展, 抻大。stretch my eyes, 尽力睁大我的眼睛, 对译"决眦"。

fleet：掠过。

I will ascend the mountain's crest; it dwarfs all peaks under my feet：ascend, 登上。crest, 山顶。dwarf, 使……相形见绌, 使……矮小。直译为"我将登上泰山山顶, 它使众山在我脚下变得矮小"。对译"会当凌绝顶, 一览众山小"。

译文

巍峨的泰山究竟多么雄伟？齐鲁一带依然可见青翠的山色。

神奇的自然汇聚了种种美景，山南山北分隔出清晨与黄昏。

层层白云涤荡了胸中的沟壑，翩翩回归的飞鸟飞过我眼前。

我一定要登上那泰山的顶峰，看看脚下的群山变得如此渺小。

登科后
孟郊

昔日龌龊不足夸，今朝放荡思无涯。
春风得意马蹄疾，一日看尽长安花。

Successful at the Civil Service Examinations
Meng Jiao

Gone are all my past woes! What more have I to say?
My body and my mind enjoy their fill today.
Successful, faster runs my horse in vernal breeze;
I've seen within one day all flowers on the trees.

关键词

Civil Service Examinations：科举考试，公务员考试。

woes：悲伤，麻烦。即"龌龊"。

My body and my mind enjoy their fill today：我的身体和思想尽情享受今天。对译"今朝放荡思无涯"，今天兴致高涨，身心自由自在。

in vernal breeze：在春风里。

译文

那往日的困顿不足一提，今日金榜题名神采飞扬。

在春风中快意纵马奔驰，一日之内赏遍京城名花。

滁州西涧

韦应物

独怜幽草涧边生，上有黄鹂深树鸣。
春潮带雨晚来急，野渡无人舟自横。

On the West Stream at Chuzhou

Wei Yingwu

Alone, I like the riverside where green grass grows
And golden orioles sing amid the leafy trees.
When showers fall at dusk, the river overflows;
A lonely boat athwart the ferry floats at ease.

关键词

Alone, I like…: Alone，意为"寂寞，孤独"。I like，意为"我喜欢"。Alone, I like…，合在一起，对译"独怜"。"怜"表喜爱，"独怜"，不只"唯独钟爱"，也隐含了"我和幽草皆寂寞"的意味。

leafy: 茂盛的。

oriole: 黄鹂。

overflow: 溢出，涨潮。

ferry: 摆渡。

float: 漂浮。

at ease: 自由自在，对译"舟自横"的"自"。

译文

我唯独爱水涧边生长的幽深草丛，树丛深处有黄鹂在悠然鸣叫。春雨携带着潮水让水流更湍急了，荒野渡口没有人，船独自随意漂浮在水面。

韦应物

　　韦应物，字义博，中唐山水田园诗人，曾任苏州刺史。其诗清丽闲淡，古朴自然。后人以"王孟韦柳"并称。有十卷本《韦江州集》、两卷本《韦苏州诗集》、十卷本《韦苏州集》。《全唐诗》收录其诗五百余首，散文仅存一篇。

小 松

杜荀鹤

自小刺头深草里，而今渐觉出蓬蒿。

时人不识凌云木，直待凌云始道高。

The Young Pine

Du Xunhe

While young, the pine tree thrusts its head amid tall grass;

Now by and by we find it outgrow weed in mass.

People don't realize it will grow to scrape the sky;

Seeing it tower in cloud, then they know it's high.

关键词

The Young Pine：pine，松树。The Young Pine，即"小松"。

thrust：刺入。

outgrow weed in mass：outgrow，比……长得高。in mass，全部的。直译为"比所有的蓬草都长得高"。对译"出蓬蒿"。

scrape the sky：scrape，刮，擦。scrape the sky，高耸入天。

tower：高耸。

grass 和 mass，sky 和 high：AABB 型押尾韵。语言清新，节奏明快。饱含诗情与哲理，正是诗人的自我写照。

译文

松树幼时在深深的草丛中冒头，如今渐渐觉得比那些蓬蒿高了。人们当时不知它是将来可以高耸入云的树木，直到它直指云天，人们才开始说高。

杜荀鹤

　　杜荀鹤，晚唐现实主义诗人。字彦之，号九华山人，池州石埭（今安徽石台）人。出身寒微，屡试不第。终于在大顺二年进士及第，后因诗颂后梁太祖朱温，被授翰林学士、知制诰。其诗缘事而发，反映社会变迁和民间疾苦，浅显平易，后人称其风格为"杜荀鹤体"。有《唐风集》十卷，《全唐诗》收录三卷。

江 雪
柳宗元

千山鸟飞绝，万径人踪灭。
孤舟蓑笠翁，独钓寒江雪。

Fishing in Snow
Liu Zongyuan

From hill to hill no bird in flight;
From path to path no man in sight.
A lonely fisherman afloat
Is fishing snow in lonely boat.

关键词

Fishing in Snow 和 fishing snow：Fishing in Snow，意为"在雪中钓鱼"，对译诗题"江雪"。fishing snow，意为"钓雪"，对译"钓寒江雪"。译诗赋予原诗新的意义，称之为"创译"。译诗紧扣 fishing snow，弱化"钓鱼"，说"钓雪"，象征不沽名钓誉，可见渔翁的清高。

in flight：在飞行。

in sight：看得见。

From hill to hill 和 From path to path：path，小路。意为"从一座山到另一座山""从一条路到另一条路"，对译原诗中"千山"和"万径"。译诗增加了动感，突出了英语的语言表现力，也是创译。

afloat：漂浮。

译文

千山万岭不见飞鸟的踪影，千路万径不见行人的踪迹。

那孤舟上身披蓑衣的渔翁，正独自在漫天风雪中垂钓。

再游玄都观
刘禹锡

百亩庭中半是苔，桃花净尽菜花开。
种桃道士归何处，前度刘郎今又来。

The Taoist Temple Revisited
Liu Yuxi

In half of the wide courtyard only mosses grow;
Peach blossoms all fallen, only rape-flowers blow.
Where is the Taoist planting peach trees in this place?
I come after I fell again into disgrace.

关键词

Taoist Temple: Taoist，道士。Temple，寺庙。道观，即玄都观。

mosses: 苔藓，地衣。

rape-flowers: 油菜花。

blow: 吹，（古）开花。

I come after I fell again into disgrace: fell into disgrace，失宠，受辱。直译为"再次失宠之后，我又回来了"。原诗中的"刘郎"，本是刘禹锡的自谓。刘禹锡得罪权贵，一再被贬出京，十四年后重被召回，写下此篇。所以，译诗直接用"I"代替了"刘郎"。

译文

百亩庭院中一半的地方长满青苔，桃花全都凋零了只有油菜花绽放。当年种桃树的道士回哪里去了？曾经来过这里的刘郎今天又来了。

逢雪宿芙蓉山主人
刘长卿

日暮苍山远，天寒白屋贫。
柴门闻犬吠，风雪夜归人。

Seeking Shelter in Lotus Hill on a Snowy Night
Liu Changqing

At sunset hillside village seems far;

Cold and deserted the thatched cottages are.

At wicket gate a dog is heard to bark;

With wind and snow I come when night is dark.

关键词

Seeking Shelter in Lotus Hill on a Snowy Night：shelter，庇护所。lotus，莲花，芙蓉花。直译为"在雪夜的芙蓉山上寻找庇护所"。对译"逢雪宿芙蓉山主人"。

Cold and deserted the thatched cottages are：deserted，无人居住的。thatched，（房顶）用茅草盖的。直译为"寒冷的无人居住的茅草屋"。对译"天寒白屋贫"。没有一一等译原诗，但"寒冬中简陋的茅舍"，意味仍在。

wicket gate：小门，旁门。对译"柴门"。

With wind and snow I come when night is dark：直译为"当黑夜降临，我在风雪之中回来"。对译"风雪夜归人"。关于原诗中"主人"到底是谁，历来多有争议。有人说是芙蓉山主人，有人说是作者刘长卿自己。甚至认为，风雪夜投宿芙蓉山，并没有实际发生，是一种象征，表示时局严寒，而自己没有停止辛劳。显然，译诗认可作者"自谓"的说法。

译文

日暮时分更觉苍山遥远，天气严寒更觉茅屋简陋。
忽听得柴门那有狗叫声，原来风雪中有夜归之人。

刘长卿

刘长卿，中唐诗人，自称"五言长城"，是大历诗风之代表。字文房，宣城（今属安徽）人，天宝年间进士，曾两度迁谪，官终随州刺史，世称"刘随州"。其诗多写幽寂之境，气韵流畅，意境深远。有《刘随州集》，《全唐诗》收录其诗五卷，词存《谪仙怨》一首。

剑 客
贾岛

十年磨一剑，霜刃未曾试。
今日把示君，谁有不平事？

A Swordsman
Jia Dao

I've sharpened my sword for ten years;
I do not know if it will pierce.
I show its blade to you today.
O who has any grievance? Say!

关键词

　　swordsman：剑客。

　　sharpen：磨尖。

　　pierce：刺穿。

　　blade：刀刃。

　　O who has any grievance? Say：grievance，牢骚，不平的事。
直译为"谁有不平的事？说"。原诗托物言志，"剑客"是作者自喻，
"剑"象征自己的才能。译诗多一个"Say"，与"today"同押尾韵。
音韵铿锵，意气豪壮。

译文

　　花费十年磨成一把宝剑，锋利的剑刃从没有试过。

　　今天把它拿出来给你看，请告诉我谁有冤屈之事。

题菊花
黄巢

飒飒西风满院栽，蕊寒香冷蝶难来。
他年我若为青帝，报与桃花一处开。

To the Chrysanthemum
Huang Chao

In soughing western wind you blossom far and nigh;
Your fragrance is too cold to invite butterfly.
Some day if I as Lord of Spring come into power,
I'd order you to bloom together with peach flower.

关键词

Chrysanthemum：菊花。

sough：（风声）飒飒作响。

far and nigh：远近。

Your fragrance is too cold to invite butterfly: fragrance，香气。too...to，太……而不能。invite，邀请，招待。直译为"你的香气如此清冷，以至于不能邀请蝴蝶前来"。对译"蕊寒香冷蝶难来"。

Lord of Spring: lord，贵族，领主，主。Lord of Spring，春之王，即"青帝"。中国神话中，青帝居东方，摄青龙。为春之神及百花之神，是五方天帝之一。译为"Lord of Spring"，可谓形神兼备。

come into power：上台（执政）。

blossom 和 bloom：开花。

peach flower：桃花。

译文

满园的菊花在萧瑟的秋风中摇摆，花蕊花香寒冽清冷蝴蝶难以靠近。总有一天我要做掌管春天的神仙，命令菊花和桃花一起在春天盛开。

黄　巢

　　黄巢，曹州冤句（今山东菏泽曹县西北）人，唐末农民起义领袖，创建了唐代规模最大的农民政权大齐，后兵败自杀（一说被杀）。他出身盐商之家，善骑射，粗通笔墨，屡试不第，但少有诗才，相传五岁便能对诗。《全唐诗》收录其三首七言诗。

图书在版编目（CIP）数据

许渊冲：人间唐诗 / 许渊冲译. -- 北京：中国致公出版社，2022（2023.1重印）

ISBN 978-7-5145-1820-7

Ⅰ．①许… Ⅱ．①许… Ⅲ．①唐诗－诗集 Ⅳ．①I222.742

中国版本图书馆CIP数据核字（2021）第033677号

许渊冲：人间唐诗 / 许渊冲 译
XU YUANCHONG:RENJIAN TANGSHI

出　　版	中国致公出版社	
	（北京市朝阳区八里庄西里100号住邦2000大厦1号楼西区21层）	
出　　品	湖北知音动漫有限公司	
	（武汉市东湖路179号）	
发　　行	中国致公出版社（010-66121708）	
作品企划	知音动漫图书·文艺坊	
策　　划	李　潇	
责任编辑	方　莹　李　舟	
责任校对	邓新蓉	
装帧设计	李艺菲	
责任印制	程　磊	
印　　刷	武汉精一佳印刷有限公司	
版　　次	2022年11月第1版	
印　　次	2023年1月第2次印刷	
开　　本	960 mm×640 mm　1/16	
印　　张	22.5	
字　　数	301千字	
书　　号	ISBN 978-7-5145-1820-7	
定　　价	59.80元	